BLACKWATER·IV
LA GUERRE

BLACKWATER

L'ÉPIQUE SAGA DE LA FAMILLE CASKEY

La Crue .... 7 AVRIL 2022

La Digue .... 22 AVRIL 2022

La Maison .... 5 MAI 2022

La Guerre .... 19 MAI 2022

La Fortune .... 3 JUIN 2022

Pluie .... 17 JUIN 2022

MICHAEL MCDOWELL

BLACKWATER·IV LA GUERRE

Roman

traduit de l'anglais (États-Unis)
par Yoko Lacour avec la participation
de Hélène Charrier

MONSIEUR TOUSSAINT LOUVERTURE

Ce livre a été écrit par
MICHAEL MCDOWELL (1950-1999),
dédié à « Mama El »,
traduit par YOKO LACOUR,
avec la participation de HÉLÈNE CHARRIER,
édité par DOMINIQUE BORDES,
assisté de CLAUDINE AGOSTINI, ROMANE BALEYNAUD,
THIBAUT BERTRAND, LISA FOLLIET, XAVIER GÉLARD,
FRANÇOIS GUILLAUME, DOMINIQUE HÉRODY
et JEAN-FRANÇOIS SAZY.

Titre original : *Blackwater IV: The War.*

ISBN : 9782381960487
DÉPÔT LÉGAL : mai 2022.
(2e tirage)
Illustration de couverture :

WWW.MONSIEURTOUSSAINTLOUVERTURE.COM

Résumé

Malgré leur proximité, les sœurs Caskey, Miriam et Frances, grandissent comme deux parfaites inconnues. Miriam, gâtée et arrogante, habite chez sa grand-mère Mary-Love, tandis que Frances vit avec ses parents. Frances est une enfant timide et craintive, notamment à l'égard de sa propre maison et des présences étranges qui semblent y loger. Queenie Strickland, la belle-sœur de James Caskey, est parvenue à se faire une place à Perdido. Elle élève tant bien que mal ses enfants, Lucille, Malcolm et Danjo, jusqu'à ce que son mari Carl, toujours aussi violent, refasse son apparition en ville. Après une nouvelle frénésie meurtrière à l'encontre de Queenie et de la maison d'Elinor, cette dernière veille à ce qu'il disparaisse. De son côté, James a accepté l'idée de se séparer de sa fille Grace, qui part faire ses études à Nashville. À la mort de Mary-Love, qui connaît une fin tragique, Elinor devient le chef du clan et de sa considérable fortune, qu'elle administrera plus généreusement et plus justement que sa belle-mère ne l'a jamais fait.

Généalogies Caskey, Sapp, Snyder et Welles, 1938

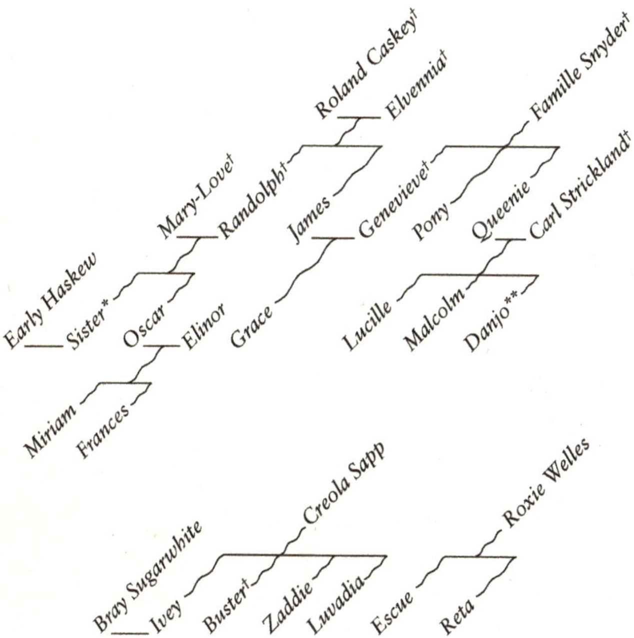

* *Elvennia*

** *Daniel Joseph*

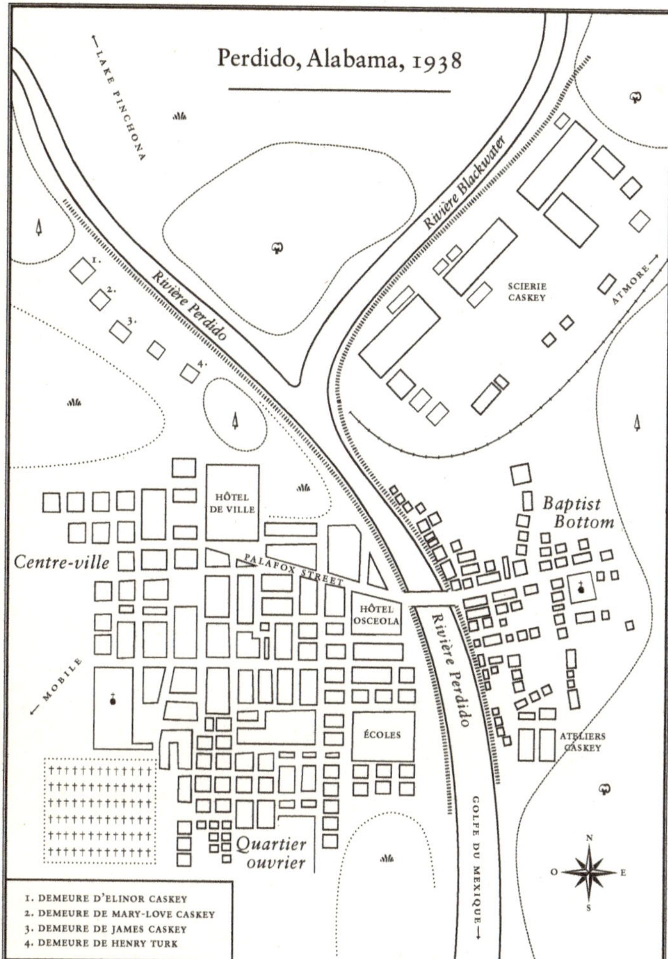
Perdido, Alabama, 1938
LAKE PINCHONA
Rivière Blackwater
Rivière Perdido
1.
2.
3.
4.
SCIERIE CASKEY
ATMORE
HÔTEL DE VILLE
Baptist Bottom
Centre-ville
PALAFOX STREET
HÔTEL OSCEOLA
Rivière Perdido
MOBILE
ÉCOLES
ATELIERS CASKEY
Quartier ouvrier
GOLFE DU MEXIQUE
N
O
E
S
1. DEMEURE D'ELINOR CASKEY
2. DEMEURE DE MARY-LOVE CASKEY
3. DEMEURE DE JAMES CASKEY
4. DEMEURE DE HENRY TURK

LA PLAGE

Mary-Love était morte depuis deux ans. Dans les mois qui suivirent l'enterrement, les Caskey avaient guetté les changements qui bouleverseraient immanquablement la structure de la famille. Ceux-ci furent lents et subtils. Elinor, Oscar et Frances étaient restés les mêmes, mais Elinor à présent que la mort avait vaincu sa principale rivale et pire ennemie semblait s'être détendue. Frances, désormais lycéenne, avait seize ans, et les trois années passées clouée au lit par les douleurs de l'arthrite paraissaient une époque lointaine et confuse à laquelle elle ne pensait que rarement.

Dans la maison voisine, Sister Haskew n'était pas rentrée auprès de son mari, lequel néanmoins continuait consciencieusement de venir à chaque Noël et peut-être une ou deux fois dans l'intervalle. Chacune de ses visites semblait les éloigner davantage. La séparation restait cependant tacite. Sister la justifiait ainsi : « Early est tout le temps en voyage. Comment pourrais-je le suivre ? Je préfère rester ici à Perdido avec Miriam, elle a besoin de moi. » Cette dernière partie n'était pas tout à fait exacte, car, à dix-huit ans, Miriam estimait n'avoir besoin de personne. Elle se voyait comme la véritable héritière de sa grand-mère. Plus que de la fortune, des actions et des obligations de Mary-Love – divisées à parts égales entre Sister et Oscar –, Miriam avait hérité de sa maison et de sa haine pour Elinor, malgré les liens filiaux qui les unissaient. La jeune fille n'adressait pas la parole à sa mère quand elle la croisait dans la rue, ni ne la saluait lorsqu'elles s'apercevaient par la fenêtre. À contrecœur, elle faisait un signe de tête à son père, et ne manquait jamais de dire un mot cruel à sa sœur, qu'elle voyait fréquemment au lycée.

Sister et sa tête de mule de nièce formaient un ménage malheureux, sans cesse sur la défensive, épaules rentrées et mâchoire crispée sous le nuage bas de leurs secrets. Sister refusait d'admettre, y compris à sa Miriam, qu'elle n'aimait plus son mari, dont elle était même venue à redouter les rares et courtes visites. Miriam n'osait pas afficher ouvertement son hostilité envers sa mère, de peur de se faire écraser par l'habilité de celle-ci en matière de stratégie et son expérience poussée des conflits.

Dans la maison en face, James Caskey était devenu un vieil homme. Cependant, il ne s'était jamais senti aussi heureux qu'en élevant son neveu Danjo, qui avait désormais quatorze ans. Le jeune garçon adorait son oncle et ne faisait absolument rien qui puisse le contrarier ou le décevoir. Tout l'inverse de son frère et de sa sœur aînés, Malcolm et Lucille, qui continuaient à donner du fil à retordre à leur mère, Queenie Strickland. Malcolm avait vingt ans et paraissait prendre la voie de son père. Il avait trouvé un petit boulot à Cantonement, qu'il avait perdu au bout d'une semaine. Un autre à Pensacola lui avait duré moins que ça. Lorsqu'il était retourné auprès de sa mère à Perdido, il l'avait suppliée de lui obtenir un emploi à la scierie. Malcolm était donc désormais en charge d'une des fendeuses, mais à cause de son étourderie, il manquait constamment de se faire couper un bras ou même les deux dans les mâchoires de l'imposante et dangereuse machine. À dix-huit ans, Lucille continuait à geindre et à minauder quoiqu'elle soit devenue en quelque sorte jolie, malgré son teint blafard. Elle exhibait ses modestes charmes derrière le comptoir des confiseries du *Ben Franklin* et rentrait chaque soir imprégnée de l'odeur rance de l'huile de pop-corn. Lucille et Malcolm éprouvaient tous les deux du ressentiment à occuper des postes aussi médiocres. N'étaient-ils pas liés, après tout, au puissant clan Caskey ?

Puisque la famille possédait l'unique industrie de Perdido, on pouvait logiquement en déduire que la ville leur appartenait. Pourtant, ils ne vivaient pas du tout comme si c'était le cas. Par délicatesse pour les situations plus précaires de leurs concitoyens moins nantis, ils se gardaient de faire étalage de la fortune qu'ils avaient amassée au cours des années. Le plus dur de la Dépression était passé, et ils s'en étaient sortis. Rien que survivre était un signe de réussite, en particulier dans cette zone sinistrée du pays. Alors qu'elles avaient prospéré pendant des décennies, les scieries des Turk et des DeBordenave avaient mis la clé sous la porte, et leurs machines, leurs terres et leurs employés avaient été absorbés par l'empire Caskey. Après la mort de Mary-Love, James avait laissé l'entière gestion de la scierie à son neveu Oscar. Au lieu d'aller au bureau, il passait désormais ses journées sous son porche à bavarder avec sa belle-sœur Queenie.

Au cours des dernières années, Oscar avait joué serré avec l'entreprise familiale, tirant un avantage prudent de toutes les opportunités, même minimes, qui s'offraient à lui. Il avait réinvesti chaque centime gagné dans l'expansion et la modernisation de son entreprise ainsi que dans l'acquisition de terrains boisés. En 1938, les Caskey étaient de riches propriétaires terriens. Pourtant, la scierie, l'atelier de châssis de fenêtres et celui qui produisait poteaux électriques, clôtures et traverses de chemins de fer – toutes à la pointe de la technologie de l'époque – ne fonctionnaient peut-être qu'au quart de leur capacité. Les ouvriers étaient souvent renvoyés chez eux à midi, tout en recevant une journée complète de salaire. Les Caskey possédaient désormais près de cent cinquante hectares de forêts répartis dans cinq comtés d'Alabama et de Floride, mais les fendeuses à bois n'avaient jamais à se déplacer à plus d'une dizaine de kilomètres de la ville tant les commandes étaient rares. Sister et James, qui menaient une vie tranquille, n'avaient besoin que de peu d'argent pour vivre, mais même pour ça ils étaient obligés d'aller voir Oscar, qui leur donnait en liquide à peine de quoi régler leurs menues dépenses. Ils s'étonnaient de cet arrangement, car aucun Caskey n'avait auparavant jamais connu de telles restrictions. James se résolut un jour à demander à son neveu s'il gérait convenablement leur argent et la scierie, ce à quoi Oscar répondit :

« Tout l'argent jusqu'au moindre centime est réinvesti dans la compagnie.

— Ça, on le sait, Oscar, dit Sister. Mais on ne devrait pas en garder un peu en réserve ?

— Pour le moment, on ne peut pas se le permettre. On doit s'assurer que quand le pays se remettra à tourner à plein régime, on sera sur la ligne de départ, prêts à se jeter dans la course.

— Oscar, intervint James avec fermeté, ça fait dix ans que l'économie de ce pays est au plus bas. Qu'est-ce qui te fait croire qu'elle va repartir ? Je ne m'inquiète pas vraiment pour moi, je sais que je m'en sortirai toujours. Mais je veux être certain qu'Elinor, Frances, Sister et Miriam seront à l'abri. Et puis, que deviendront Danjo, Queenie et ses enfants s'il m'arrive quoi que ce soit ?

— Vous ne me faites pas confiance ? s'écria Oscar. Vous ne voyez pas ce que j'essaie de faire ?

— Non, fit Sister. Ni James ni moi ne comprenons ta stratégie, enfin, si tu en as une.

— Elle a raison, renchérit James.

— J'essaie de nous rendre riches, déclara Oscar.

— Pour quoi faire ? demanda Sister. Il y a cinq ans, alors que la situation était catastrophique partout, on avait tout l'argent qu'il nous fallait et n'importe qui de sain d'esprit rêvait d'en avoir autant. Et maintenant, tu nous annonces que les affaires sont florissantes, mais chaque fois que je veux envoyer Ivey acheter une bouteille de lait il faut que je passe à la scierie et que je prenne de la petite monnaie dans la caisse.

— C'est seulement temporaire, se défendit Oscar. Et puis tu exagères, Sister, ce n'est pas si terrible.

— Que se passera-t-il si tes plans échouent et qu'on se retrouve sans rien ? demanda James.

— On ne va pas se retrouver sans rien. Laissez-moi encore un peu de temps. Vous ne vous en rendez pas compte, mais nous sommes dans une très bonne position. »

James et Sister ne s'en rendaient *effectivement* pas compte, pourtant ils décidèrent à contrecœur de faire confiance à Oscar. « A-t-on vraiment le choix ? », fit plus tard remarquer James à Sister.

Si eux avaient des doutes sur la manière dont Oscar gérait la scierie, celui-ci pouvait toujours compter sur l'indéfectible soutien de sa femme. Elinor le rassurait sans cesse : « Oscar, je te connais, je sais que tu fais ce qu'il faut. »

Tous les Caskey assistèrent à la cérémonie de remise des diplômes de Miriam. Ils avaient découvert dans les pages du *Perdido Standard* qu'elle faisait partie des meilleurs élèves du lycée. Miriam n'en avait rien dit à personne, comme si elle avait voulu ôter à sa famille le plaisir de tirer la moindre fierté de sa brillante réussite. Lors de son discours, lui aussi brillant, elle compara la vie à une série de poupées russes, ce qui laissa tout le monde perplexe. Après avoir reçu son diplôme, elle permit à chacun de venir l'embrasser – y compris sa mère, son père et sa sœur. Miriam savait qu'en certaines occasions, il fallait savoir se soumettre aux conventions même les plus dégradantes. Cet après-midi-là, il faisait une chaleur torride ; les nouveaux diplômés, dans leur toge blanche et arborant leur mortier à gland, erraient çà et là sur le terrain de football avec leurs familles, comme accablés par la fièvre. Oscar demanda à sa fille, comme s'il s'adressait à l'une de ses camarades de classe, qu'il n'avait de toute façon jamais rencontrées : « Tu penses aller à l'université maintenant ? »

Celle-ci marqua une pause avant de répondre.

« J'y pense.

— Dans laquelle voudrais-tu aller ? intervint Elinor, profitant de l'occasion pour parler sans intermédiaire ni détour à sa fille.

— Je ne sais pas encore », dit précipitamment Miriam tout en regardant autour d'elle avant de s'élancer pour faire une accolade à une camarade qu'elle détestait.

Plus tard, Sister lui posa la même question, sans obtenir plus de précision. James prévint Sister :

« On ne saura qu'elle a décidé de partir que le jour où elle sera déjà partie.

— Pourquoi elle agit comme ça ? soupira Sister.

— Voyons, s'étonna James, à cause de Mary-Love, bien sûr ! Tu n'as pas remarqué que Miriam est le portrait craché de ta mère ? »

Effectivement, elle l'était. Elle échafaudait ses plans avec soin, dans le plus grand secret.

L'été arriva, brûlant et sec, sans que personne ne sache ce qu'il adviendrait de Miriam à la rentrée. C'était une question cruciale pour Sister, car si sa nièce partait à l'université, elle n'aurait plus de raison notable pour rester à Perdido. Il lui faudrait inventer encore un prétexte pour ne pas retourner auprès de son mari. Et il était presque inconcevable que Miriam n'aille pas à l'université – une fille assez intelligente pour être parmi les premiers, jouissant d'un tel statut social et d'un avenir financier assuré, ne pouvait qu'entreprendre des études supérieures. La corvée de devoir trouver une issue à cette impasse déprima tant Sister qu'elle se persuada bêtement que Miriam ne s'en irait jamais.

Ainsi, les Caskey attendaient avec impatience que vienne la rentrée, pour enfin connaître les projets de la jeune fille. Mais celle-ci leur réservait une autre surprise.

Un après-midi, vers la fin juin, Miriam fut conviée à une fête au casino de l'île de Santa Rosa, face à la baie de Pensacola. À compter de ce moment-là, elle n'eut plus qu'une obsession : la plage. Tous les jours, elle s'en allait à cinq heures trente du matin à bord de la petite décapotable que Mary-Love lui avait offerte. Elle rentrait pour le déjeuner, sa peau de plus en plus bronzée.

« Tu crois qu'elle voit un garçon ? demanda Queenie à James.

— C'est possible… »

Le soir même, James posa la question à Sister.

« C'est pour voir un garçon que tu vas tous les jours à la plage de Pensacola ? », demanda Sister à Miriam le lendemain midi lorsque sa nièce rentra, sa serviette sur l'épaule.

Miriam eut l'air offensée.

« Sister, sache que j'y vais uniquement pour prendre le soleil.

— Je me posais la question, c'est tout. »

Cet après-midi-là, vêtue d'une robe d'été blanche qui faisait ressortir de manière saisissante son intense bronzage, Miriam traversa la cour sableuse et frappa à la porte de la maison de sa mère. Elinor vint lui ouvrir.

« Elinor, est-ce que Frances est là ? », demanda la jeune fille avec raideur. Elle avait espéré tomber sur sa sœur ou encore sur Zaddie. Devoir parler à sa mère l'horripilait.

« Non, elle n'est pas là. Elle est allée en ville mais ne devrait pas tarder. Tu veux l'attendre ici ?

— Sûrement pas. À son retour, tu pourras lui dire de venir me voir une minute ? J'aimerais lui poser une question », répondit Miriam, puis elle tourna les talons et s'éloigna avant que sa mère ait pu ajouter quoi que ce soit.

Frances fut aussi surprise que paniquée quand on lui apprit que sa sœur la demandait, aussi courut-elle à la maison voisine pour dissiper le mystère au plus vite, tel un condamné à mort qui préfère avancer l'heure de son exécution plutôt que la retarder. Assise près de la fenêtre de sa chambre, Miriam lisait un magazine.

« Maman m'a dit que tu voulais me parler », dit Frances depuis le seuil de la chambre de sa sœur.

Miriam ne l'invita pas à entrer.

« C'est exact. Est-ce que ça te dirait de m'accompagner à la plage de Pensacola demain ? »

La stupeur de Frances ne fit que s'accroître.

« Pour... pour quoi faire ? bégaya-t-elle.

— Pour bronzer. »

Hébétée, Frances dévisagea sa sœur.

« Eh bien ? s'impatienta cette dernière. Tu veux venir ou pas ?

— Oui, réussit à lâcher Frances.

— Tu peux être prête pour cinq heures trente demain matin ? »

Frances acquiesça.

« C'est l'heure à laquelle je pars. Si tu n'es pas sous le porche, je partirai sans toi. Je ne vais pas frapper à la porte d'Elinor aussi tôt le matin, et je ne vais pas non plus t'appeler. Tu seras dehors quand je serai prête à m'en aller ? »

Frances hocha de nouveau la tête.

« Bien. Ivey nous préparera un en-cas à emporter, donc ne prends pas à manger. Si tu veux t'acheter quelque chose à la buvette, prends un peu d'argent.

— C'est compris », hésita Frances, dans l'attente d'autres instructions.

Rien ne vint. Au bout d'un instant, Miriam leva la tête et dit : « Eh bien, pourquoi tu restes plantée là ? Je suis occupée. »

Abasourdie, Frances retourna chez elle. Ni son père ni sa mère ne purent démêler le sens d'une telle invitation. Elinor appela James pour demander si Queenie ou lui avaient une idée de ce que ça laissait présager. N'en ayant aucune, James appela Sister. Celle-ci ne savait pas, mais formula une hypothèse : « Peut-être que Miriam veut nous faire savoir qu'elle ne va pas tous les jours à la plage pour voir un garçon. C'est peut-être pour ça qu'elle a demandé à Frances de l'accompagner. »

Miriam conduisait vite. Elle avait baissé la capote de sa voiture et le vent mugissait si fort que les deux sœurs étaient dans l'impossibilité de se parler. À cette heure matinale, le soleil était encore bas dans le ciel. Elles portaient un maillot de bain sous leur robe d'été. La plage n'était qu'à une heure de route, si bien que quand elles arrivèrent, les lieux étaient encore presque déserts. Le casino n'était pas encore ouvert, mais il y avait une demi-douzaine de pêcheurs au bout de la jetée. Miriam marcha quelques centaines de mètres jusqu'à un coin de sable vide et étendit sa serviette. Sans dire un mot, elle indiqua à Frances où poser la sienne.

« Tu as ramené de la crème ? demanda-t-elle sèchement.

— Non. J'aurais dû ?

— Évidemment. Ta peau n'est pas habituée au soleil, donc tu vas cramer de toute façon. Mais sans crème solaire, tu vas souffrir le martyre. Tiens, prends un peu de la mienne. »

Docile, Frances se laissa badigeonner de crème, que Miriam lui appliqua avec rudesse sur le corps. Une fois qu'elle eut fini avec sa sœur, elle renouvela l'opération sur elle-même.

« Qu'est-ce que je fais maintenant ? demanda timidement Frances.

— Rien. Change de côté de temps en temps. Et ne parle pas. »

Lorsque Miriam était allongée sur le ventre à faire bronzer son dos, elle lisait. Quand elle était sur le dos, elle fermait les yeux et dormait, ou du moins, elle en avait l'apparence.

Frances ne s'était jamais autant ennuyée de sa vie, pas même quand elle avait été confinée dans son lit par la maladie. Elle n'avait pas apporté de livre. Sa tête était remplie du grondement monotone du golfe du Mexique, des puces de mer lui sautaient sur les jambes et la piquaient. L'aveuglant sable blanc et le ciel délavé oblitéraient toute couleur, au point que le paysage semblait pâle et brillant d'une manière écrasante, comme un flash photographique ininterrompu. Elle sentait sa peau commencer à chauffer. Elle n'osait pas parler à sa sœur, qui avait formellement interdit la moindre conversation.

Elle finit par s'asseoir sur sa serviette et regarder la mer avec envie. Lorsqu'elle eut l'impression que sa peau se mettait à frire et son sang à bouillir dans ses veines, elle se tourna vers Miriam et lui demanda :

« Je peux y aller ?

— Où ça ?

— Dans l'eau.

— Oui. Même si j'ignore pourquoi tu ferais une chose pareille. Je déteste nager. Fais attention aux méduses. Aux contre-courants, aussi. Quelqu'un a aperçu un requin au large mercredi.

— Je vais faire attention », dit Frances en se levant.

Elle courut vers la mer et sauta dans une vague juste avant que celle-ci ne s'écrase sur la plage. L'eau était délicieusement fraîche, et elle adorait la sensation du ressac. Elle aimait même le goût du sel. Jusque-là Frances ne s'était jamais baignée dans le golfe. Lorsqu'elle songeait à l'eau, il n'y avait que la boueuse Perdido qui lui venait à l'esprit. La voix de la rivière était basse, secrète, composée d'un millier de bruits ténus, ininterrompus, impossibles à identifier. Tandis que celle du golfe était unie, régulière, lourde et puissante. L'eau de la Perdido était noire et fangeuse, comme si elle dissimulait à dessein on ne sait quoi dans ses profondeurs ; l'eau du golfe était lumineuse, bleue et blanche, si transparente que Frances pouvait même voir ses pieds à travers. Le fond de la Perdido était une insondable nappe de boue sombre et étale où des choses mortes étaient emprisonnées ; sous le fracas des vagues, il y avait une étendue compacte de sable blanc et des millions de fragments de coquillages aux couleurs bigarrées. Dans la Perdido ne nageaient qu'une brème maussade ou un poisson-chat ; ici, il y avait des palourdes béantes sur le sable, des algues marines éclatantes et nettes, d'énormes bancs de vairons et de gros poissons qui surgissaient parfois de la crête d'une vague.

Frances alla nager au large, là où les poissons étaient encore plus gros. Ils s'éloignaient paresseusement à son approche. Elle perçut le courant contre lequel Miriam l'avait mise en garde, pourtant, d'une manière ou d'une autre, elle ne se sentait pas du tout en danger. Elle se laissa dériver encore plus loin. La jetée s'était réduite à une ligne sombre qui saillait dans la mer et sa sœur n'était plus du tout visible. Elle était peut-être allée trop loin. Pourtant, la pensée ne l'effraya pas. Alors qu'elle retournait paisiblement vers le rivage, elle remarqua qu'elle n'avait jamais aussi peu douté de sa capacité à le faire.

« J'ai cru que tu t'étais noyée, dit calmement Miriam en levant le nez de son livre lorsque Frances, encore mouillée, eut regagné sa serviette. J'ai regardé, mais tu avais disparu. Tu as dû nager trop loin.

— Non, non…

— C'est l'heure de partir. »

Frances regarda sa sœur, interloquée.

« L'heure de partir ? On vient à peine d'arriver ! »

Miriam l'observait, une main en visière sur les yeux.

« Combien de temps tu crois que tu es partie ?

— Vingt minutes ? Une demi-heure ? »

Miriam pointa le ciel.

« Regarde le soleil. Il est juste au-dessus de nos têtes. Il est presque midi. Tu as passé plus de trois heures dans l'eau. »

Frances leva la tête vers le ciel, avant de se tourner et de se perdre à nouveau dans la contemplation du bleu profond des eaux du golfe du Mexique.

Miriam resta silencieuse pendant le trajet retour, mais peu importait à Frances. Une main sur le volant, sa sœur fixait pensivement la route, le regard voilé par ses lunettes de soleil. Adossée contre l'appui-tête, Frances se sentait molle, mais pas fatiguée. Alors qu'elles approchaient de Perdido, elle se demanda de quelle façon remercier sa sœur pour sa surprenante invitation, lui ayant permis de vivre un événement important pour elle, tout aussi inattendu que mystérieux. Lorsqu'elles se garèrent devant chez Miriam, Frances n'avait toujours pas trouvé le courage de lui parler.

Elles sortirent de la décapotable.

« Merci, dit timidement Frances, faute de formule plus percutante.

— Tu ferais mieux d'acheter de la crème solaire

cet après-midi. Je ne vais pas te laisser vider la mienne. »

Frances s'arrêta net et retourna cette phrase dans sa tête.

« Tu veux dire qu'on y va à nouveau demain ? demanda-t-elle prudemment.

— J'y vais tous les jours, dit sa sœur sans répondre tout à fait à sa question.

— Tu m'invites encore ? »

Miriam n'allait quand même pas admettre une telle chose.

« Je pars à cinq heures trente tous les matins, et il y a de la place dans la voiture. Mais je n'attends jamais personne. »

Frances eut un sourire crispé et rentra chez elle en courant. Elle raconta sa matinée à ses parents ébahis.

« Tu vas y retourner ? demanda son père.

— Bien sûr ! J'ai passé un moment merveilleux !

— Tu as pris un coup de soleil, ma chérie ! s'écria Elinor. Quand tu seras là-bas, je veux que tu passes tout ton temps dans l'eau, comme ça le soleil ne t'abîmera pas la peau !

— Oh maman, tu n'imagines pas comme j'aime l'eau ! Je n'ai qu'une hâte, c'est qu'on soit demain ! »

Elinor parut tirer une immense joie de cette nouvelle et, pendant des semaines, ne dit rien de mal sur Miriam, qui avait offert à Frances la possibilité de nager tous les jours dans le golfe.

Le reste de l'été suivit le schéma de cette première excursion. Tous les matins ensoleillés de la semaine, les sœurs allaient à la plage de Pensacola. Miriam ne s'adressait à Frances que pour lui dire : « Tu es prête ? », ou « Tu as pris de l'argent pour le pont ? » Autrement, elle restait allongée sur sa serviette à lire et faire la sieste tandis que sa peau devenait chaque jour plus sombre. Frances nageait dans les eaux du golfe, prenant tantôt les vagues de plein fouet, tantôt à quelques brasses sous la surface, quand elle ne se laissait pas paresseusement emporter par le courant. Un jour, elle dériva si loin qu'elle se retrouva au milieu d'un banc de marsouins. Elle jeta ses bras autour du plus petit et se laissa tracter sur plusieurs kilomètres, plus vite que jamais dans sa vie. Une autre fois, elle plongea profondément afin de ne pas être vue de pêcheurs sur un crevettier, manquant même d'être prise dans leurs filets. Lorsque le bateau se fut éloigné, elle se demanda pourquoi elle avait instinctivement et délibérément évité d'être vue par ces hommes. Puis elle se dit que sa présence si loin de la plage aurait éveillé des soupçons. Les pêcheurs n'auraient jamais pu croire qu'une jeune fille de seize ans nageant à presque dix kilomètres des côtes ne soit pas en danger.

Quelque chose dans ces heures passées dans le golfe rappelait à Frances l'époque de sa maladie, mais aussi un temps plus lointain et confus avant celle-ci. Dès l'instant où elle plongeait dans sa première vague matinale, elle semblait perdre conscience – ou plutôt, perdre son identité de Frances Caskey. Elle devenait quelqu'un, ou quelque chose, d'autre. Elle était capable de nager de sept heures du matin, moment de leur arrivée avec Miriam, jusqu'à onze heures sans jamais avoir pied, ressentir de fatigue ou craindre les courants, les requins, les méduses, les crampes, ou de s'égarer. Lorsqu'il était temps de rentrer, elle ne se disait jamais: « Miriam est sur le point de partir », mais se retrouvait simplement à marcher parmi les vagues d'abord, puis sur la plage. La sensation était proche de celle qu'elle gardait des bains que lui donnait sa mère pendant sa maladie trois ans plus tôt. Elle ne se souvenait de rien, à l'exception du moment où Elinor la prenait dans ses bras et la soulevait hors de l'eau. Comme si, par ce geste, l'identité qu'elle avait temporairement perdue dans l'eau lui avait été rendue. De même, lorsqu'elle émergeait des rouleaux, foulait à nouveau le sable et sentait les fragments de coquillages sous ses pieds, elle retrouvait son ancienne identité, oubliant tout ce qu'elle avait senti et vécu si loin de la côte.

Miriam ne pouvait s'empêcher de lui en faire la remarque. « J'ai levé la tête une fois ou deux, mais impossible de te voir. Je vais dire à Oscar jusqu'où tu nages. Un jour, tu vas te noyer et tout le monde dira que c'est de ma faute. »

En route pour Perdido, toujours en silence, Frances essayait de se rappeler précisément la manière dont elle avait passé ces heures dans l'eau : à quelle distance elle avait été et à quelle profondeur, quels poissons elle avait vus. Mais, tandis que la luminosité de cette journée d'été l'aveuglait, rien ne lui venait hormis une impression floue d'avoir plongé si profond que la lumière du soleil n'était plus qu'un faible éclat verdâtre ; ou bien quelques bribes de souvenirs, qu'elle parvenait difficilement à rassembler, d'elle assise en tailleur sur le fond sableux à huit kilomètres du rivage, à dévorer les truites de mer et les crabes qui la frôlaient de trop près… Tout ça était sans aucun doute un rêve, le fruit de son imagination. Comment aurait-il pu en être autrement ? Même quand elle avait passé quatre heures dans l'eau et qu'elle n'avait pas pris de petit déjeuner, elle n'avait jamais faim lorsqu'elle remontait la plage en direction de la serviette où Miriam lézardait au soleil. Une fois à la maison, son père l'incitait à avaler au moins quelques bouchées de son déjeuner, mais sa mère intervenait toujours : « Si Frances dit qu'elle n'a pas faim, alors on devrait la laisser tranquille, Oscar. Quand elle a faim, je suppose qu'elle sait où trouver à manger. »

LE GOUDRON

Par une aube rose et sans nuages de septembre 1938, Frances était assise sous le porche de la maison familiale, une serviette sur l'épaule, un maillot de bain sous sa robe, attendant que Miriam sorte de chez elle. Personne n'avait été capable de comprendre les raisons qui poussaient cette dernière à l'emmener à la plage presque tous les jours. Était-ce pour faire taire les rumeurs selon lesquelles elle y allait pour un garçon, ou bien parce qu'elle appréciait secrètement la présence de sa sœur ? Peu importait à Frances, du moment qu'elle était autorisée à l'accompagner. Or, ce matin-là, Miriam ne venait pas. Les deux sœurs avaient beau s'être vues presque quotidiennement au cours de l'été, elles avaient très peu parlé, et Frances n'avait pas le courage de frapper à sa porte.

Elinor s'étonna de trouver sa fille encore là lorsqu'elle descendit prendre son petit déjeuner une heure plus tard.

« Qu'est-ce qui est arrivé à Miriam ? demanda-t-elle.

— Je ne sais pas. Tu crois qu'elle est malade ?

— Je vais envoyer Zaddie parler à Ivey. Elle, elle saura. »

Zaddie revint quelques minutes plus tard avec d'effarantes nouvelles.

« Mam'selle Miriam est en train de faire ses bagages ! Elle s'en va pour de bon ! »

Au même moment, une porte claqua. Frances, Elinor et Zaddie se tournèrent à temps pour voir Miriam sortir de chez elle deux valises à la main et se diriger vers sa voiture de sport. Stupéfaite, Frances héla sa sœur :

« Je suppose qu'on ne va pas à Pensacola ce matin !

— Tu supposes bien, répondit Miriam. Est-ce que j'ai l'air d'être habillée pour la plage ? » Elle portait une robe blanche à boutons et des chaussures rouges à petit talon. « Est-ce que j'ai l'habitude d'emporter des bagages à Santa Rosa ?

— Non. Où tu vas ? »

Miriam lui avait déjà tourné le dos et se dirigeait vers la maison. Elle lui répondit par-dessus son épaule : « Je vais à l'université ! »

Personne n'avait prévu une telle chose. Sister elle-même avait été tenue à l'écart des projets de sa nièce. Une tasse de café à la main, elle contemplait nerveusement la scène depuis le porche. Miriam, aidée par Bray, ressortit avec d'autres sacs et bagages qu'elle chargea dans l'auto. Sentant qu'il se tramait quelque chose, James apparut devant chez lui. Sister l'interpella :

« Miriam s'en va à l'université ce matin !

— C'est pas vrai ! Où ça ? »

Miriam sortit une fois de plus de la maison, cette fois avec trois boîtes à chapeaux.

« Je ne sais pas, répondit Sister d'un ton tranchant. Elle ne nous l'a pas encore dit. »

Les trois foyers Caskey regardèrent Miriam charger sa voiture de boîtes et de valises. Frances était allée se changer et se tenait à présent de nouveau sous le porche. Danjo téléphona à sa mère, qui arriva à la hâte. Quand finalement la voiture fut remplie, Miriam se tourna vers sa famille rassemblée au complet sur le trottoir.

« Puisque vous voulez savoir, je me suis inscrite à l'université du Sacré-Cœur, à Mobile.

— Mais c'est une école catholique ! laissa échapper Queenie.

— Je vais me convertir », répliqua sèchement Miriam en s'installant derrière le volant.

Elle démarra, passa la première et, sans un mot, s'éloigna sur la route. Alors qu'elle tournait au coin, elle adressa un signe de main désinvolte aux Caskey médusés.

Personne n'en revenait, surtout Sister. Ils s'étaient tant habitués à ses excursions quotidiennes à la plage et à son hâle toujours plus profond qu'ils avaient complètement oublié cette histoire d'université. Avec le recul, ils convinrent que c'était tout Miriam d'avoir ainsi planifié son départ.

« Cette fille préférerait se trancher la gorge plutôt que de nous donner l'heure, remarqua Elinor.

— Voici les clés de la voiture, dit Oscar à sa fille. Tu peux aller à la plage toute seule, non ? »

Frances secoua la tête.

« Ça ne serait pas pareil. »

La poussière soulevée par la petite décapotable n'était pas encore retombée que Miriam lui manquait déjà. Les semaines passées à aller et venir à Pensacola l'avaient convaincue que le caractère taciturne de sa sœur, son impatience et son ton cassant n'étaient qu'une facette de sa vraie personnalité.

Après le petit déjeuner, Oscar alla voir Sister. Ils s'installèrent dans la balancelle sous le porche latéral.

« J'imagine que c'est autant une surprise pour toi que pour nous.

— Effectivement, dit-elle d'un air sinistre. Je comprends mieux pourquoi elle refusait que j'aille récupérer le courrier à la poste et tenait toujours à s'y rendre elle-même. Elle ne voulait pas que je voie les lettres du Sacré-Cœur.

— Je ne connais personne qui soit allé là-bas. À ton avis, pourquoi a-t-elle a choisi cette école-là ? »

Sister haussa les épaules.

« Ça fait longtemps que j'ai arrêté d'essayer de comprendre pourquoi Miriam fait ou dit quoi que ce soit. Je l'aime, mais je ne sais absolument jamais ce qu'elle a dans la tête.

— En tout cas, elle ressemble à maman, dit Oscar en secouant la tête.

— Sauf qu'elle est jeune. Ce qui est pire…

— Qu'est-ce que tu vas faire ? »

Sister lui lança un regard en biais.

« Qu'est-ce que tu veux dire ?

— Maintenant que Miriam est partie, tu n'as plus à rester ici et t'occuper d'elle… Non qu'elle en ait vraiment eu besoin. Tu vas retourner auprès d'Early ? D'ailleurs, il est où en ce moment ?

— En Ohio, répondit-elle vaguement. Ou dans le Kentucky. Ou ailleurs.

— Tu vas rentrer à Nashville ?

— Eh bien, je pensais rester ici encore un peu. Je suis sûre que Miriam a oublié une chose ou une autre qu'elle voudra que je lui envoie. Il vaut mieux que je sois là…

— Elinor peut s'en occuper si tu veux retourner auprès d'Early. »

Sister ne dit rien.

« Alors ? la relança Oscar au bout d'un moment.

— Écoute, dit-elle en se levant brusquement, tu peux arrêter avec tes questions ? Laisse-moi faire ce que je veux !

— Bien sûr, répondit-il, confus et surpris par la soudaine colère de sa sœur. Je pensais juste...

— Tu pensais mal, dit Sister à voix basse. Cette maison appartient à Miriam et elle m'a proposé d'y rester aussi longtemps que j'en ai envie. Aussi je te serais reconnaissante de ne pas venir tous les quatre matins essayer de m'en déloger !

— Calme-toi, Sister. Je ne voulais pas te fâcher. »

Sister se rassit, les jambes croisées, les coudes sur les genoux, le visage appuyé dans une main. Elle était l'image même de la vieille fille du Sud, en version aristocrate : grande, mince, à la peau prématurément ridée et couverte de poudre au parfum de rose. Lorsqu'ils n'étaient pas froncés, les traits fins de son visage avaient tendance à s'affaisser. Son expression était dépourvue de fermeté et de vigueur, néanmoins, elle ressemblait de manière frappante à feu sa mère. Mary-Love aurait été fière. Le manque de détermination de sa fille était le résultat d'années de réprimandes, de domination et d'humiliations en tout genre.

« Sister, dit doucement Oscar, j'ignorais que tu traversais une mauvaise passe avec Early... »

Elle soupira.

« Ce n'est pas une mauvaise passe. Je n'ai pas particulièrement envie de le voir, c'est tout. »

Comme son frère ne disait rien, elle poursuivit avec hésitation.

« Early voyage sans arrêt, il est toujours par monts et par vaux. Il y a tellement d'endroits où on construit des digues, c'est à croire que le monde entier est sur le point d'être inondé. Ou peut-être est-ce juste un type de la protection de l'environnement qui l'a à la bonne et lui donne beaucoup de travail. En tout cas, je n'ai pas envie de le suivre dans ces trous paumés.

— Et ta maison à Nashville ?

— Je ne connais personne, là-bas. Et puis, ce n'est pas ma maison… C'est ici chez moi ! Tant qu'à être seule, je préfère que ce soit à Perdido. Elinor et toi détestez à ce point m'avoir comme voisine ?

— Bien sûr que non, tu le sais. On veut seulement que tu sois heureuse.

— Eh bien, c'est ici que je suis heureuse. Et j'apprécierais que tu en touches un mot à toute personne qui s'en soucierait. Dis que je ne veux pas laisser la maison vide. Dis que je ne sais pas ce que deviendrait Ivey si je m'en allais. Ou que je veille sur la maison pour quand Miriam y passera les vacances. Invente ce que tu veux. Mais ne laisse pas les gens venir m'embêter comme tu l'as fait et me dire à quel point Early va être content de me revoir. »

Oscar lui en fit la promesse.

Deux jours plus tard, ils reçurent une carte postale où figurait seulement l'adresse de Miriam, et rien d'autre. Aussitôt, Sister et Frances lui écrivirent chacune une longue lettre pleine de tendresse pour lui dire combien elle leur manquait. Pendant deux semaines, elles attendirent une réponse mais n'en reçurent aucune. Elles n'écrivirent plus.

Pour la première fois de sa vie, Sister faisait l'expérience de la solitude. Les moments réellement durs venaient le soir, une fois qu'Ivey était rentrée avec Bray à Baptist Bottom. Sister dînait seule, puis elle s'installait sous le porche pour coudre ou feuilleter des magazines. Dans ces moments-là, ce n'est pas tant Miriam qui lui manquait que sa mère. Sister avait quarante-six ans, mais se sentait beaucoup plus âgée. Quoique mariée, elle se considérait comme une vieille fille. Un matin, elle demanda à Ivey :

« Ton père élève encore des chiens de chasse ?

— Oui, Madame.

— Je crois que je vais aller là-bas m'en prendre un. »

Ce qu'elle fit. Parce qu'elle avait vu faire Early avec ses pit-bulls, elle fut capable de dresser le chiot elle-même. Elle s'y attacha profondément et l'appela Grip. Grip la consolait de sa solitude, malgré les sombres prédictions d'Ivey selon lesquelles un chien de chasse ne devrait être dressé que pour chasser.

Queenie quitta son travail à la scierie lorsque James cessa d'y travailler. Néanmoins, son beau-frère continua à lui verser un salaire de sa poche. En échange de ce soutien financier, quoique le marché n'ait jamais été officiellement conclu entre eux, Queenie devint plus que jamais pour lui une compagne prévenante et loyale. Queenie et James passaient la matinée sous son porche, et dans l'après-midi, ils se promenaient en ville à bord de son automobile. Parfois, ils allaient déjeuner à Mobile ou à Pensacola, ou bien ils faisaient les magasins. James aimait autant que Queenie s'acheter des vêtements. Certains jours étaient dédiés à sa garde-robe, certains autres à celle de son amie. Ils étaient si intimes que Queenie put lui confier sans la moindre arrière-pensée: « La première fois que je suis venue à Perdido – c'était quand, en 1922 je crois – je m'étais mis en tête de me débarrasser de Carl et de t'épouser, parce que tu étais un riche veuf. » Avant d'éclater de son rire aigu que James en était venu à tant aimer.

James aussi rit de bon cœur.

« Queenie, tu frappais à la mauvaise porte. J'étais déjà un vieil homme à l'époque, et puis je ne suis *décidément* pas fait pour le mariage. Mon père me disait tout le temps que j'étais marqué du "sceau de la féminité" et que je ne serais jamais utile à personne, homme, femme ou enfant.

— Ton père se trompait ! C'est affreux de t'avoir dit ça. »

James haussa les épaules.

« Carl est mort. Tu voudrais que je t'épouse maintenant ?

— Voyons, James Caskey, tu es trop vieux !

— J'ai soixante-huit ans.

— C'est bien ce que je dis ! couina-t-elle. Je n'en ai que quarante-huit, deux ans de plus que Sister, c'est tout. Je vais plutôt aller me dégoter un petit jeune… »

Ainsi passaient-ils leurs journées et leurs soirées, en chamailleries bon enfant. Ils n'hésitaient jamais à se confier leurs chagrins et leurs tracas. À cette époque, Queenie s'inquiétait pour son fils Malcolm.

Ce dernier détestait son travail à la scierie : monotone, bruyant et mal payé. Il ne lui venait pas à l'esprit qu'il n'avait pas les qualifications pour faire quoi que ce soit d'autre. N'ayant pas les moyens pour un logement, il vivait chez sa mère. Il se montrait grossier envers elle et sa sœur Lucille, et fréquentait une bande de voyous en ville. Son compagnon d'infortune de prédilection était un certain Travis Gann dont le travail à la scierie consistait à tremper les poteaux de bois dans un bain de goudron. En raison de l'odeur tenace du liquide, qui le suivait partout où il allait, il lui était impossible de prendre qui que ce soit par surprise.

Sa maison tout entière en était imprégnée. Même son chien puait. Travis, qui n'avait pas de mère pour le tenir à l'œil, était doté des mêmes travers et mauvaises habitudes que Malcolm, sauf qu'il avait quelques années d'expérience de plus que le jeune homme ; Malcolm voyait en lui une sorte de modèle à suivre.

Queenie connaissait l'existence de Travis Gann. Elle savait que son fils l'accompagnait chaque samedi aux courses de lévriers de Cantonement, où il perdait l'argent qu'il n'avait pas dépensé en alcool la nuit précédente. Elle savait que lorsque Malcolm quittait la maison après le dîner, c'était pour rejoindre Travis. Les vêtements de Malcolm se mirent eux aussi à sentir le goudron.

Un samedi après-midi, alors que James et Queenie rentraient d'une promenade à Pensacola et croisaient un panneau routier indiquant la route pour Cantonement, Queenie lança :

« Je suis sûre que si on y allait, on tomberait sur Malcolm et Travis Gann en train de parier tout leur argent. James, j'aimerais tellement que tu ailles voir Oscar et que tu lui dises de licencier ce vaurien de Travis. Tu n'imagines pas comme ça me rendrait heureuse.

— On ne peut pas licencier un homme simplement parce qu'il a une mauvaise influence sur ton fils, protesta James. Si ce n'était pas Travis Gann, ce serait quelqu'un d'autre. Tu le sais aussi bien que moi. Je suppose que Malcolm tient de son père, c'est tout. »

Queenie secoua la tête avec tristesse et soupira.

« Qu'est-ce que je vais bien pouvoir faire ? », dit-elle doucement.

Mais Queenie se trompait. À ce moment-là, son fils et Travis ne se trouvaient pas à Cantonement. À bord de l'auto de Queenie, ils avaient emprunté une route qui traversait la forêt et conduisait à Bay Minette, puis à Mobile. À une dizaine de kilomètres de Perdido, ils se garèrent devant une station-service décrépite et poussiéreuse. Au-dessus de la porte, une enseigne en métal Coca-Cola portait le nom de *Crawford*. Travis et Malcolm sortirent de la voiture, tenant en main deux des fusils qui avaient appartenu à Carl Strickland.

Ils entrèrent dans la boutique, aussi poussiéreuse dedans que dehors. Deux longues allées flanquées d'étagères crasseuses conduisaient à un comptoir tout aussi crasseux sur lequel étaient posés de gros bocaux de cookies et une caisse enregistreuse. Derrière se trouvait un rideau de feutrine vert qui donnait manifestement sur la petite maison, accolée au magasin. Une femme décatie d'âge moyen se tenait à la caisse. Elle s'adressa à eux d'une voix timide :

« Les garçons, vous feriez mieux de pas entrer

ici avec vos armes. J'aime pas ces choses. Mon père a tué ma mère sans faire exprès quand j'étais petite.

— Filez-nous votre argent et on repartira sans s'en servir, dit Travis Gann.

— Vous allez me tuer ? »

Travis leva son fusil, la visa et sourit.

« Non, m'dame », fit-il sans pour autant abaisser le canon.

Tremblante, la femme appuya avec hésitation sur une touche de la caisse. Elle ramassa l'argent qui s'y trouvait et le mit dans un sachet en papier destiné à envelopper les cookies. Malcolm faisait nerveusement le guet à la porte. Travis Gann s'approcha de la femme et lui prit le sachet des mains.

« Vous… vous allez me tuer ? répéta la femme, terrifiée.

— Y a du fric là-derrière ? », demanda Travis en pointant le rideau.

La femme secoua la tête.

« Y a que Dial. C'est mon mari. Il a un truc qui tourne pas rond, chuchota-t-elle en se tapotant la tempe. Feriez mieux de pas y aller.

— Y a du fric ? répéta Travis Gann en baissant nonchalamment le fusil pour le pointer sur l'estomac de la femme.

— Tirons-nous ! cria Malcolm. Quelqu'un arrive par la route.

— Tchao ! », dit Travis avec un sourire et un clin d'œil.

Malcolm et lui coururent jusqu'à l'auto, dissimulant maladroitement leurs armes. Alors que Malcolm mettait le moteur en marche, le véhicule qu'il avait vu approcher fila sans s'arrêter.

« On y retourne, dit Travis. Je suis sûr qu'elle cache du fric dans un coin.

— Non, fit Malcolm, s'engageant sur la route. Putain de merde, Travis, j'ai eu la trouille de ma vie ! J'ai cru que t'allais exploser la cervelle de cette vieille !

— J'aurais dû, badina Travis. J'ai jamais fait ça avant. »

Dollie Faye Crawford se précipita dans la maison et prit le fusil de son mari. Elle ignorait s'il était chargé ou non. Elle courut jusqu'à la porte de la boutique et scruta par la moustiquaire. La voiture s'éloigna dans un nuage de poussière avant qu'elle n'ait pu lire l'immatriculation. Mais grâce aux couleurs, elle reconnut la plaque de l'État d'Alabama. Elle s'empara du téléphone et appela la police de Perdido.

« Je suis Dollie Faye Crawford sur la route de Bay Minette, dit-elle à Charley Key. Je viens de me faire voler par deux jeunes gars. Ils conduisent une Ford bleu foncé, modèle 1934 je dirais, avec une plaque de l'Alabama. Ils ont pris la direction de chez vous. Y en avait un qui sentait le goudron.

— Combien vous ont-ils dérobé ?

— Tout ce que j'avais.

— Madame Crawford, je vais m'occuper de ça. Vous devriez également prévenir la police de Bay Minette.

— Le type qui puait le goudron a dit qu'il allait me tuer, mais il l'a pas fait », dit Madame Crawford avant de raccrocher.

Il n'y avait que deux Ford 1934 bleu marine à Perdido. L'une appartenait à la femme du proviseur, l'autre à Queenie Strickland. Charley Key se rendit chez le premier, baissa la vitre de son auto et héla le proviseur qui arrosait sa pelouse :

« Vous avez cambriolé des boutiques cet après-midi ?

— Non ! cria ce dernier. Je n'ai pas le temps pour ces bêtises ! »

La voiture de Queenie n'était pas garée devant sa maison. À l'intérieur, Lucille raconta au shérif que Malcolm et Travis Gann l'avaient empruntée une heure plus tôt, mais qu'elle ignorait où ils étaient allés.

« Travis, dit Charley Key. Il travaille à la scierie, non ?

— Oui, Monsieur. On ne peut pas le louper, il pue le goudron à des kilomètres ! Je ne le laisse jamais s'approcher de moi. Vous voulez leur parler, shérif ?

— Je veux les voir tous les deux.

— Je leur fais passer un message ?

— Je vais plutôt m'asseoir là-dehors et attendre leur retour. Comment tu t'appelles ?

— Lucille.

— Lucille, est-ce que tu aurais du thé glacé ? Je meurs de chaud. »

DOLLIE FAYE

Ce soir-là, Charley Key arrêta Malcolm et Travis Gann pour vol à main armée et les fit enfermer dans l'une des cinq cellules de l'hôtel de ville de Perdido. James et Queenie arrivèrent dix minutes après que la grille de la cellule eut claqué derrière eux.

L'air maussade, Malcolm était assis sur un banc contre le mur extérieur, la main en visière pour se protéger de la lumière crue diffusée par l'ampoule au plafond.

« Dis rien, m'man.

— Quoi donc ? fit Queenie. Que tu es un bon à rien ? Que tu as fini par te mettre dans de beaux draps ? Eh bien, oui, je le dis. Tu es un bon à rien, Malcolm Strickland. Et tu t'es assurément mis dans le pétrin cette fois. Et toi, Travis Gann, dit-elle en se tournant vers le jeune homme tout sourire, affalé à l'autre coin de la cellule, c'est ta faute si mon fils en est là.

— Bah merde, m'dame Strickland, rétorqua Travis parmi les relents de goudron qui avaient empli la cellule, j'ai pas eu besoin de forcer Malcolm à faire ce qu'il a fait.

— Maman, oncle James, vous allez me sortir de là, ou bien vous allez rester plantés là à me faire la morale ? »

Queenie ne répondit pas.

« On va te sortir, dit doucement James.

— Bien. »

Les deux jeunes hommes se levèrent.

« Pas vous, Monsieur Gann, dit James.

— Hé ! mais... protesta Travis. Moi, j'ai pas des parents riches qui pourront payer ma caution.

— Alors tu n'as plus qu'à rester moisir ici, dit Queenie. Malcolm, je veux que tu me promettes quelque chose avant qu'on te fasse sortir.

— Quoi, m'man ? demanda Malcolm avec appréhension.

— Que tu ne fréquenteras plus jamais cet individu de ta vie. »

Travis eut un sourire en coin.

« Tout ce que tu veux, m'man. Tu sais combien on s'est fait ? dit-il tristement en lançant un coup d'œil à son comparse. Vingt-trois dollars. »

James secoua la tête.

« Ça m'en coûte cent pour te faire sortir. »

Charley Key apparut, les clés de la cellule à la main.

« M'man, dit Malcolm à voix basse en tendant le bras vers elle entre les barreaux, est-ce que je vais aller en prison ?

— C'est là qu'est ta place, pour nous faire honte ainsi, à James et moi, rétorqua-t-elle sèchement.

— Bonsoir James, dit le shérif. Bonsoir Madame Strickland. Sacrée graine de vaurien, votre fiston.

— C'est précisément ce que j'étais en train de lui dire, shérif. Mais il n'est pas aussi mauvais que son ami, là.

— Ta mère a la langue bien pendue ! lança Travis alors qu'on faisait sortir Malcolm de la cellule. M'dame Strickland, feriez bien de surveiller vot' langue. Parce qu'un jour, quelqu'un pourrait venir vous l'arracher et l'enrouler autour de votre cou pour vous étouffer avec. Et qui c'est alors qui te sortira de taule, hein, Malcolm ?

— Prends garde, Travis, murmura le shérif. Ne va pas aggraver ton cas avec des menaces. Quelqu'un pourrait te prendre au mot, te pointer un flingue sous le menton et faire exploser ton foutu crâne. »

Queenie tira Malcolm hors de vue de Travis, mais pas hors de portée de son rire.

« Allons-y », dit-elle à James.

Celui-ci se trouvait devant une autre cellule à discuter avec deux anciens employés de la scierie – il les avait recrutés trente ans plus tôt. Ils avaient été jetés là pour s'être battus sur la voie publique.

« Alors, les gars, était-il en train de dire, vous êtes trop vieux pour vous battre à cause d'une femme. Et trop pauvres pour vous battre pour de l'argent. Qu'est-ce qui s'est passé ?

— Juste cette chienne de vie, répondit l'un.

— Pas grand-chose d'autre à faire », répondit l'autre.

Avant de quitter l'hôtel de ville, James régla leur caution.

Plus loin, sur la route de Bay Minette, dans la bicoque attenante à la supérette *Crawford*, Dollie Faye avait dû garder le lit. Elle était entourée de voisins et de parents venus lui apporter du soutien en ces temps de désarroi. Tous étaient d'accord pour dire qu'elle avait frôlé l'attaque. Depuis la terrifiante agression, sa tension était dangereusement élevée. Dans un coin de la pièce, à l'écart des visiteurs, son mari Dial se balançait paisiblement sur son siège.

La boutique était fermée, si bien que les amis et les proches venus apporter de la nourriture et des paroles de consolation tirées de bibles cornées, frappaient à l'entrée de service. Ils étaient accueillis par une petite fille falote à qui l'on avait donné, en guise de rétribution pour ce service, une grosse poignée de cookies piochés dans l'un des bocaux sur le comptoir. Vers onze heures ce dimanche matin, au lendemain du cambriolage, tous les visiteurs étaient partis à la messe. Dollie Faye et Dial étaient seuls. On toqua timidement à la porte, que la gamine alla ouvrir.

« Qui c'est ? demanda faiblement Dollie Faye. Qui est pas à l'église ce matin ? »

Dans la pièce s'avancèrent deux personnes auxquelles Dollie Faye et son époux n'étaient pas habitués : des gens de la ville, des gens riches dont les habits n'étaient ni poussiéreux ni rapiécés, mais neufs, achetés en boutique.

« Madame, Monsieur, qu'est-ce que je peux faire pour vous ? les salua Dollie Faye en tentant de se lever du lit.

— Surtout ne vous levez pas, Madame Crawford ! s'écria Queenie.

— Madame Crawford, poursuivit James, vous ne nous connaissez ni d'Ève ni d'Adam, mais Queenie et moi sommes venus vous présenter nos excuses et faire réparation.

— Pour quoi ?! », demanda Dollie Faye, essayant une nouvelle fois de se lever du lit. Queenie s'approcha d'elle et la retint d'une main ferme.

« C'est mon fils, dit Queenie d'une voix lugubre, qui a pointé une arme sur votre tête hier ! »

De surprise, Dollie Faye se laissa retomber sur l'oreiller.

« Votre fils !

— Oui, Madame, confirma James.

— C'est un voyou, renchérit Queenie. Si je pouvais, je le *tuerais* pour vous avoir causé une telle frayeur !

— Votre fils, c'est celui qui sent le goudron ?

— Non, Madame, répondit James. Celui-là c'est son complice, Travis Gann. Et c'est un *vrai* voyou. »

Dollie Faye, qui paraissait s'être légèrement remise de ses émotions, se tourna vers Queenie et dit :

« C'est pas votre fils qui a dit qu'il allait me tuer. C'est l'autre... celui qui sent le goudron. Votre garçon voulait pas être là, ça se voyait sur son visage. Il avait autant la frousse que moi !

— C'est moi qui vais lui coller la frousse ! », s'écria Queenie avec véhémence.

Elle tira une chaise à côté du lit et se pencha en avant.

« Laissez-moi vous dire une chose, Madame Crawford, ajouta-t-elle en baissant la voix. Mon fils Malcolm tient de son père. Son père a passé plus d'un séjour à l'ombre, j'ai honte de vous l'avouer. Ce qu'on peut dire de mieux à son sujet, c'est qu'il est mort depuis cinq ans.

— Madame Crawford, intervint James en lançant un coup d'œil à Dial et comprenant immédiatement que celui-ci ne prendrait pas une part active à la conversation, nous sommes venus vous apporter de l'argent en guise de dédommagement pour ce que les garçons vous ont pris.

— Mon Dieu, j'étais tellement occupée à m'excuser que j'ai failli oublier ! », s'exclama Queenie en ouvrant son sac à main.

Elle tendit dix billets de vingt dollars à Dollie Faye.

« Mais c'est beaucoup trop ! Y avait que vingt dollars dans la caisse. D'ailleurs, qu'est-ce qu'ils ont pu faire de ces quelques pièces ?

— Ils les ont dépensées dans les courses de lévriers, fit Queenie en secouant vigoureusement la tête. Le moindre fichu centime ! Oh, veuillez m'excuser, Madame Crawford, je ne suis pas venue ici pour lancer des gros mots à tout-va !

— Appelez-moi Dollie Faye.

— Dollie Faye, dit James, Queenie et moi voulons savoir ce qu'on peut faire pour vous.

— Rien de plus, merci beaucoup, répondit-elle précipitamment. On s'occupe déjà bien de moi. Les gens ont été très généreux avec nous. Et puis, vous nous avez donné beaucoup trop d'argent !

— Quand est-ce que vous serez capable de sortir du lit ? demanda Queenie.

— D'après les docteurs, dans une semaine au moins. J'ai des problèmes de tension, vous comprenez. Maman est morte de ça. Mais ça va aller. Faudra bien, parce que je dois m'occuper de la boutique. Dial – c'est mon mari, là-bas – il sait pas se servir de la caisse. Et puis il sait pas gérer les stocks, non plus. Des fois je le laisse laver les pare-brise, mais pas grand-chose d'autre. Avant j'avais quelqu'un pour l'essence, mais il a décampé Dieu sait où…

— Hors de question que vous sortiez de ce lit, dit fermement James.

— Ça, j'aurais aimé y rester, mais y a des gens par ici qui comptent sur moi et sur la boutique.

— Je vais m'en occuper, proposa Queenie en serrant la main de la femme.

— Vous ?!

— J'étais employée au *Ben Franklin* à Nashville. Je sais utiliser une caisse enregistreuse.

— Queenie travaille très bien, confirma James.

— Mais… vous pouvez pas gérer la boutique à ma place !

— Je sais pourquoi vous ne voulez pas, dit Queenie d'une voix basse et sérieuse. C'est parce que vous ne voulez rien avoir à faire avec la mère de l'homme qui vous a braquée avec une arme. Vous ne voulez pas avoir à regarder la douleur sur son visage.

— Pas du tout ! C'est juste que vous allez vous embêter pour rien. Y a toujours quelqu'un qui veut quelque chose de spécial dont je suis la seule à connaître la place et…

— Je pourrais venir vous poser la question ici, non ?

— Oui, je suppose que vous pourriez, mais…

— Alors tout est réglé, conclut Queenie d'un ton sans appel.

— Vous pouvez quand même pas servir l'essence, objecta Dollie Faye.

— Mon fils le fera, chuchota Queenie en se penchant en avant. Vous savez quoi, je vais le forcer à quitter son emploi à la scierie. Il n'était pas doué de toute façon. Et je ne veux plus qu'il fréquente ces hommes, il serait capable de se dégotter un autre Travis Gann. Je vais l'emmener ici et l'obliger à travailler pour vous rembourser. Mais vous ne le verrez pas, il ne sera pas autorisé à poser un seul pied dans la boutique. Votre tension pourrait monter. J'ai vu qu'il y avait un petit banc dehors. Il restera assis là toute la journée et servira de l'essence aux clients. Et si Monsieur Crawford est fatigué de laver les pare-brise, qu'il se repose, Malcolm le fera à sa place. »

Le lendemain, la supérette *Crawford* était à nouveau ouverte. Vêtue de l'une de ses plus belles robes, Queenie Strickland se tenait derrière le comptoir. Malcolm était dehors à servir de l'essence comme on le lui avait ordonné. James aussi était présent, il tenait compagnie à Dollie Faye et bavardait avec elle, adressant à l'occasion une remarque à Dial qui hochait sagement la tête tout en continuant à se balancer. À midi, avec la permission de Dollie Faye, un Malcolm cramoisi pénétra dans la supérette et présenta ses excuses en bégayant.

Ce à quoi Dollie Faye répondit : « Ce que tu as fait était mal, et tu as failli briser le cœur de ta douce mère. Mais je te pardonne, Malcolm, pour son bien à elle et pour le tien. »

Queenie tint son poste les deux semaines suivantes. Malcolm s'occupait de l'essence et James restait au chevet de la propriétaire. Même lorsque celle-ci se fut rétablie et qu'elle eut repris sa place derrière le comptoir, Queenie et James continuèrent à venir assidûment l'aider et Malcolm garda sa place aux pompes. Le procès du jeune homme était prévu pour le premier mercredi de novembre, au lendemain des élections. Queenie conduisit Dollie Faye au tribunal de Bay Minette et resta avec elle toute la matinée. Deux meurtriers devaient être jugés avant qu'on ne passe au vol à main armé, et elles suivirent ce procès avec intérêt.

Malcolm et Travis furent jugés ensemble. Dollie Faye témoigna des événements de ce samedi de septembre. Travis Gann avait menacé de lui faire exploser le crâne, il avait levé son fusil et l'avait mise en joue, puis il avait pris l'argent avant de s'enfuir. Visiblement mal à l'aise durant le braquage, Malcolm Strickland n'avait pas voulu faire usage de la violence. Dollie Faye était convaincue qu'il avait été entraîné dans cette histoire contre sa volonté. Elle pensait même qu'il serait venu lui porter secours si Travis Gann avait mis sa menace à exécution et tenté de la tuer. Par ailleurs, depuis le crime, Malcolm avait largement remboursé les pertes qu'il avait causées en venant travailler à la station-service. Tout le monde l'y avait vu distribuer de l'essence, changer l'huile et laver les pare-brise. Dollie Faye n'avait que du bien à dire de lui, de sa mère et de son oncle, lesquels s'étaient montrés généreux envers elle et avaient agi en bons chrétiens.

Après son témoignage, Malcolm Strickland fut remis en liberté avec une sévère réprimande, tandis qu'on condamnait Travis Gann à purger une peine de cinq ans au pénitencier d'Atmore.

À la table des prévenus, Malcolm et lui se dévisageaient.

« On dirait bien que je vais sortir et que toi tu vas rester, dit Malcolm.

— On dirait bien, répliqua Travis avec un sourire auquel Malcolm ne s'était pas attendu.

— Cinq ans, c'est long. Je suis désolé…

— Le sois pas, dit Travis en continuant d'afficher son rictus. Ils m'envoient à Atmore. Tu sais à quel point c'est dur de s'évader de là-bas ? »

Malcolm secoua la tête, heureux que, grâce à la décision de la cour, une telle information lui soit superflue.

« S'évader d'Atmore, poursuivit Travis, c'est comme escalader une pile de rondins pourris dans le champ d'un fermier. Voilà ce que c'est que s'évader d'Atmore.

— Attends d'abord d'y être avant de penser à t'échapper, l'avertit Malcolm.

— Non, pas moi. Je pense déjà à ce que je vais faire une fois que je serai dehors. »

Le sourire froid semblait figé sur le visage de Travis, si bien que Malcolm commença à se sentir flancher. Queenie et Dollie Faye lui faisaient des signes au loin. Il se retourna vers Travis et demanda :

« Qu'est-ce que tu vas faire ?

— Je vais donner une leçon à certaines personnes, voilà ce que je vais faire.

— De qui tu parles ?

— Je parle des types qui se baladent en liberté alors qu'ils devraient être en prison avec leurs copains, voilà de qui je parle premièrement. »

Au cas où Malcolm n'aurait pas saisi l'allusion, Travis ponctua sa remarque en tapotant avec son doigt la poitrine de Malcolm.

« Et je parle d'une vieille que ça dérange pas de voir le meilleur ami de son fils se foutre dans le pétrin. Une vieille, précisa-t-il, qui se réjouit que je moisisse en taule. » Travis tourna son sourire vers Queenie et la héla. « Eh, m'dame Strickland, feriez mieux de venir chercher votre fiston avant que je lui cause d'autres ennuis ! »

À ces mots, Queenie se dirigea vers eux et prit son fils par le bras.

« Travis Gann, tu as eu ce que tu mérites. Je ne suis pas du tout désolée pour toi.

— Je sais, répondit ce dernier, le sourire toujours aux lèvres. Mais peut-être qu'un jour vous le serez. Désolée, je veux dire. »

Queenie entraîna Malcolm hors du tribunal. Travis fut reconduit à sa cellule en attendant d'être transféré à Atmore. De nouveaux accusés prirent leur place, et la justice de l'Alabama poursuivit son cours.

Cet après-midi-là, écœuré de servir de l'essence et plus encore de sa pénitence forcée, Malcolm Strickland déroba l'auto de Queenie, se rendit à Mobile et s'enrôla dans l'armée. Il ne jugea pas nécessaire d'avertir sa mère des menaces à peine voilées de Travis Gann. S'évader d'Atmore ne pouvait pas être si facile que ça.

LE SACRÉ-CŒUR

Après le départ de Miriam pour l'université, Sister se tint à l'écart d'Oscar et de sa femme. Mais un soir de novembre, alors qu'elle dînait seule des restes de son déjeuner, elle se surprit à contempler les fenêtres de la maison de son frère, où la famille était réunie pour le dîner. Oscar et Elinor riaient à quelque chose que racontait Frances. Sister percevait même vaguement leurs voix. Soudain, elle eut une révélation. Elle se précipita dehors, traversa la cour de sable et se mit à appeler sous la fenêtre de la salle à manger : « Eh ! Oscar ! Elinor ! »

Elinor se mit à la fenêtre, scrutant la pénombre.

« Sister, c'est toi ?

— Je peux te parler une minute ?

— Bien sûr », répondit-elle en se dirigeant vers le hall.

« Elinor, dit Sister en entrant dans la maison, je voudrais m'excuser. J'ignore ce qui a pu me passer par la tête !

— Te passer par la tête ? Quand ça ? »

Oscar apparut sur le seuil, sa serviette de table froissée dans la main, la bouche encore pleine.

« Salut, Sister, comment ça va ?

— Oscar, tu me connais. Je me sens aussi seule qu'un vieux rail de chemin de fer qui ne va nulle part.

— Alors pourquoi tu n'es pas venue nous voir plus tôt ? »

Invitée à passer dans la salle à manger, Sister s'assit à table et accepta la tasse de café que Zaddie venait de lui apporter.

« Je ne sais vraiment pas où j'avais la tête, poursuivit-elle.

— Mais de quoi tu parles ? demanda Oscar, perplexe.

— Si je ne suis pas venue vous rendre visite plus tôt, c'est à cause de maman et de Miriam. Aucune d'elles ne venait plus ici à moins d'y être obligée. »

Oscar et Elinor hochèrent la tête en signe d'approbation silencieuse.

« Mais maman est morte et Miriam est à l'université, et moi j'étais assise toute seule en train de manger, je regardais vers chez vous, et je me disais que c'était impossible d'aller vous voir, sinon maman me tuerait et Miriam ne me parlerait plus jamais. Et là, j'ai compris combien j'étais idiote, donc me voici. »

Oscar éclata de rire.

« Ces deux-là t'ont bien dressée.

— Tu peux le dire !

— J'espère qu'à partir de maintenant tu viendras nous voir tout le temps, ajouta Elinor.

— J'aimerais beaucoup, soupira Sister. Et c'est peut-être ce que je vais faire.

— Qu'est-ce qui t'en empêcherait ?

— Qui sait ? répondit sombrement Sister. C'est tout le problème de cette famille... On ne peut jamais être sûr que les choses restent longtemps ce qu'elles sont. »

À partir de ce jour, Elinor et Oscar ne laissèrent plus Sister dîner seule dans la vieille maison remplie d'ombres. L'après-midi, Elinor l'appelait à travers la cour : « Sister, viens donc me tenir compagnie ! » Parfois, elles allaient faire du shopping.

« Elinor, dit un jour Sister, ça fait dix-sept ans qu'Oscar et toi vous êtes mariés, mais c'est la première fois qu'on passe du temps ensemble. Quand je pense à toutes les choses que maman et Miriam m'ont empêchée de faire, ça me rend folle !

— Prends-t'en à Mary-Love, pas à Miriam. C'était encore une enfant. Si tu lui avais dit quoi faire, elle aurait obéi. Seulement tu étais trop faible, Sister. D'ailleurs, je ne vois pas comment il aurait pu en être autrement après avoir été élevée par une mère comme la tienne. »

Cet automne-là, les relations entre les membres de la famille Caskey connurent d'autres altérations. Lorsque Malcolm partit rejoindre l'armée, Queenie, prise de panique, supplia James d'envoyer quelqu'un à sa recherche. Celui-ci refusa sous prétexte que le jeune homme avait vingt et un ans et qu'il était libre d'agir à sa guise. « Et puis, ajouta-t-il alors qu'ils choisissaient une nouvelle auto pour remplacer celle que Malcolm avait volée, tu as toujours dit que ce dont il avait besoin, c'est d'une bonne dose de discipline militaire. » Si bien que Queenie s'autorisa à se délester du fardeau qu'avait constitué son fils. Elle cessa un peu de s'inquiéter à son sujet et profita au mieux de la compagnie de James. Lucille se plaignit à sa mère que celle-ci n'était plus jamais à la maison, tout en sachant à coup sûr où la trouver : chez l'oncle James. James et Queenie bavardaient de tout et rien ; James et Queenie faisaient les boutiques à Mobile et à Pensacola ; James et Queenie n'avaient aucun secret l'un pour l'autre. Ils se mirent à sortir à Perdido comme un couple. Une dame en ville disait à l'une de ses amies : « Je m'ennuie à mourir. Appelons James et Queenie et proposons-leur de passer boire le thé. » Ou bien une autre disait : « Allons chez James voir si Queenie et lui sont dehors. »

Ensemble, ils rendaient visite à Elinor. Sister était souvent avec elle. Ces rencontres perdirent graduellement leur aspect formel pour devenir bientôt aussi simples et naturelles que ce que les gens de Perdido pensaient qu'elles auraient toujours dû être pour une famille qui habitait dans des demeures adjacentes. Quoi qu'il en soit, il ne fallut pas longtemps avant que les maisonnées prennent leurs repas ensemble. En effet, il paraissait idiot que Zaddie, Roxie et Ivey aient à cuisiner trois repas différents alors que tous pouvaient se réunir chez Elinor pour le déjeuner et passer un meilleur moment. Les trois domestiques se voyaient tôt le matin pour élaborer le menu avant de se retirer dans leurs cuisines respectives et préparer leur part. Ainsi, en milieu de matinée, pouvait-on voir Roxie et Ivey traverser la cour sous les chênes d'eau, les bras chargés de casseroles et de plats fumants. La famille au grand complet se réunissait à midi. James ou Oscar récitait le bénédicité, et pendant une heure, les Caskey étaient aussi heureux que chaque famille méritait de l'être.

Un jour, depuis sa place en tête de table, Oscar annonça : « S'il vous plaît, je viens juste de penser à quelque chose. Rien de tout ça n'aurait pu arriver du temps où maman était vivante. Elle ne nous l'aurait jamais permis. »

La table devint silencieuse. Tout le monde savait qu'Oscar disait la vérité ; l'accusation n'en était que plus criante.

Ivey, qui apportait une assiette de petits pains chauds, dit : « Madame Mary-Love aimait pas voir une personne riche, à moins que ça soit elle qui lui ait mis un billet de cinq dans la main. »

Roxie, qui servait du thé glacé, poursuivit : « Madame Mary-Love aimait pas voir quelqu'un d'heureux, à moins que ça soit elle qui lui ait mis le bonheur dans le crâne. »

Enfin, Zaddie, qui tenait la porte de la cuisine ouverte, dit : « Madame Mary-Love refusait de me parler juste parce que je servais mam'selle Elinor et pas elle. Si Madame Mary-Love vous voyait assis tous ensemble, elle ferait une attaque ! »

Il y eut un nouveau moment de silence, durant lequel chacun se souvint de la matriarche.

« Mais maman est morte », déclara Sister en levant son verre avec un léger sourire.

Après le déjeuner, une fois qu'Oscar était retourné à la scierie, Lucille au *Ben Franklin*, et Danjo et Frances au lycée, les membres de la famille montaient généralement dans la véranda avec des verres de thé glacé. Un après-midi, quelques jours avant Thanksgiving, Queenie, Sister, Elinor et James y étaient justement à faire des projets pour le repas de fête quand Luvadia Sapp apparut sur le seuil et dit :

« M'sieur James, y a une auto en face de chez vous. Et un passager qu'en est sorti.

— Qui est-ce ?

— J'sais pas. »

Tous se levèrent pour épier le mystérieux visiteur. On n'apercevait qu'un coin de la voiture garée.

« Je ferais mieux d'aller voir », dit James.

La famille lui emboîta le pas. Ce qu'ils virent : sa fille Grace qui remontait l'allée avec deux énormes valises.

Après avoir obtenu son diplôme à Vanderbilt, elle avait enseigné l'éducation physique dans une école pour filles à Spartanburg, en Caroline du Sud, et vécu avec une jeune femme à laquelle les Caskey se référaient toujours comme étant « *l'amie* de Grace ». Pour commencer, cette *amie* s'était prénommée Georgia, puis ça avait été Louise, puis Catherine. De ce que son père et le reste de la famille en savaient, Grace était parfaitement heureuse ; en dépit de la manière peu orthodoxe d'atteindre ce bonheur, c'était tout ce qui comptait.

« Grace !

— Papa ! »

À vingt-six ans, elle paraissait plus athlétique et en forme que jamais. Les valises semblaient ne rien peser tandis qu'elle les balançait sous le porche. Tout le monde se rassembla autour d'elle, et James s'exclama :

« Ma puce, je ne savais pas que tu revenais pour Thanksgiving !

— Je suis rentrée pour de bon, répondit la jeune fille d'un air de défi.

— C'est pas vrai ! », s'exclamèrent les Caskey. Puis : « Qu'est-ce qu'il s'est passé ?

— Grace, quelque chose ne va pas ? demanda son père. Où est ton amie Catherine ?

— Elle a quitté l'école l'année dernière, papa ! Je te l'ai déjà dit, soupira-t-elle. Cette fois, c'était Mildred.

— Vous vous êtes disputées ? demanda Queenie, soucieuse.

— Je la déteste ! lança Grace. Je ne veux plus jamais la voir. Alors pas la peine de m'en parler. Si elle appelle et me demande, dites-lui que j'ai emménagé à Bâton-Rouge ou n'importe où. Vous avez mangé ? Je meurs de faim. J'ai fait le trajet d'une traite depuis Atlanta.

— Qu'est-ce qu'elle a fait pour te rendre aussi malheureuse ? Je croyais que tu te plaisais dans cette école », lui demanda son père.

Grace fit la grimace.

« Elle va se marier, voilà ce qu'elle a fait. Et, papa, je ne veux plus en entendre parler. Ça me rend folle rien que de penser à elle ! » S'adressant ensuite à la famille entière : « J'aimais cette fille du fond du cœur, et voilà qu'elle m'annonce qu'elle va épouser je ne sais quel type qui vend des maisons à Miami ! Alors que personne ne prononce plus jamais son nom !

— Tu as quitté ton emploi ? demanda Elinor.

— Oui. D'ailleurs, papa, je vais avoir besoin de ton soutien. Si vous saviez comme je suis fatiguée d'offrir mon cœur à des gens qui ne le méritent pas...

— Pauvre petite, fit Queenie. En tout cas, on se réjouit que tu sois revenue. Tu nous as manqué comme ça n'est pas permis ! Et puis, je n'ai jamais vu Mildred, mais je suis sûre qu'elle ne t'arrivait pas à la cheville. »

Personne n'en sut davantage sur ce qui avait poussé Grace à démissionner. Selon une rumeur qui circulait en ville, elle n'avait pas quitté son poste volontairement mais en avait été chassée pour une raison obscure et déshonorante. Néanmoins, Grace ne se comporta jamais comme si elle était rentrée à Perdido en disgrâce. Elle prit cette nouvelle étape de sa vie à bras-le-corps, avec énergie et détermination. Le lendemain de son retour inattendu, elle alla trouver le proviseur du lycée, lui montra ses diplômes et dit :

« Laissez-moi entraîner l'équipe de basket-ball féminine.

— On n'en a pas, répondit le proviseur.

— Dans ce cas, je vais en former une. Et au printemps, on parlera softball. »

Elle monta une équipe de basket féminine, qu'elle entraîna sans relâche jusqu'à l'emmener à affronter d'autres équipes à travers cinq comtés d'Alabama et de Floride. Cet hiver-là, elle donna des cours de danse à Lake Pinchona et attendit avec impatience le retour du beau temps afin de pouvoir commencer des leçons de plongée et de sauvetage en mer. Elle enfila des bottes hautes et partit chasser le serpent à sonnette avec les garçons du lycée. Chapeau de paille sur la tête, elle s'installa avec Roxie sur le pont de Baptist Bottom pour pêcher la brème dans la Perdido.

« Je me rappelle quand Grace était petite, confia James à Queenie, impossible de la faire s'asseoir sur les marches de derrière quand il faisait beau. Elle était tellement timide qu'elle courait se cacher dès qu'on frappait à la porte. Maintenant, je n'arrive même plus à suivre son emploi du temps de la journée. Et si je veux qu'elle reste à la maison plus de cinq minutes, je suis obligé de l'attacher au buffet ! »

Seul son appétit surpassait sa formidable énergie. Tous les jours, elle était dans la cuisine une demi-heure avant le repas, à chiper des morceaux de poulet et à se faire taper sur les doigts par Roxie, qui la voyait encore comme une petite fille. À table, elle se resservait toujours en rôti, petits pois, maïs, pain et beurre, et piochait avidement dans les plats même quand les autres avaient le ventre prêt à exploser. Elle était la première à s'asseoir à table et la dernière à s'en lever. Et malgré ça, elle ne semblait jamais prendre de poids.

Assise à table, un après-midi à la mi-décembre 1938, Grace repoussa finalement son assiette, demanda qu'on lui serve du thé et dit : « Alors, est-ce que Miriam se plaît au Sacré-Cœur ? »

Les Caskey se lancèrent des regards à la dérobée.

« Personne ne sait, finit par répondre Elinor.

— Comment ça ? Personne ne lui a écrit ?

— Elle ne répond pas aux lettres », intervint Sister, l'air soudain confus.

Grace les dévisagea, interloquée.

« Vous voulez dire que depuis que cette pauvre enfant est partie en septembre, personne n'a pris de ses nouvelles ?

— Comment ? demanda Oscar avec un geste d'impuissance. Miriam fait ce qu'il lui plaît. Si elle avait voulu nous parler, on a pensé qu'elle aurait écrit ou appelé. Elle n'a dit à personne où elle s'était inscrite jusqu'au matin de son départ. On n'a pas voulu la déranger. Mais je suppose, ajouta-t-il en jetant un œil à la ronde, qu'on a un peu trop laissé traîner les choses… »

La vérité, c'est que Miriam leur rappelait trop Mary-Love. Quoique aucun d'eux ne l'ait formulé à voix haute, le fait d'être enfin réunis et soudés après des années de divisions et d'hostilité leur avait fait craindre que son retour ne réveille de vieilles rancœurs. Même Sister, qui l'aimait plus que tout, avait été soulagée de ne pas la voir rentrer. Cependant, à aucun moment au cours de ces trois mois d'absence, ils ne s'étaient inquiétés de savoir si elle allait bien ou non, ou si elle était satisfaite du sort qu'elle s'était choisi.

« Ça alors, dit Grace, les mains sur les hanches, je n'ai jamais vu ou entendu une chose pareille. Regardez-moi tous », poursuivit-elle. Tout le monde obéit. « Quand je me serai levée, je vais prendre la voiture et foncer à l'université pour voir Miriam, et je vais lui demander les yeux dans les yeux comment elle va. Est-ce que quelqu'un a même *pensé* à lui demander si elle rentrait pour Noël ? »

Personne ne l'avait fait.

« Peut-être... que je devrais venir avec toi, fit Sister avec hésitation.

— Peut-être que tu devrais en effet », répliqua Grace d'un ton ferme en se levant.

Cinq minutes plus tard, elles étaient en route pour Mobile.

L'université du Sacré-Cœur, dirigée par les Jésuites, était installée à l'extrémité ouest de la ville, sur une propriété d'une vingtaine d'hectares avec pelouses, chênes, azalées et cyprès. Les bâtiments en brique étaient immaculés et indigestes, tout comme les étudiantes : des jeunes filles entièrement dévouées à la religion catholique romaine, à leurs professeurs jésuites, et les unes aux autres. Elles logeaient à trois dans des dortoirs en brique lugubres dont l'intérieur grisâtre et chaste offrait un contraste saisissant avec la riche et impeccable végétation du campus.

Grace trouva facilement le bâtiment administratif, où une bonne sœur lui indiqua le chemin jusqu'à la chambre de Miriam. Sister et Grace furent gentiment houspillées pour s'être présentées sans avertissement en pleine semaine, ce qui n'était pas l'usage et aurait incontestablement un effet perturbateur.

« Nous n'avons pas pu faire autrement, expliqua Grace sans se laisser intimider. Vous comprenez, la sœur du père de Miriam est morte la nuit dernière. Nous sommes venues lui annoncer la mauvaise nouvelle. »

Alarmée et émue, la bonne sœur ordonna à un jardinier de les guider jusqu'au dortoir.

Là-bas, la terrible nouvelle ayant déjà été transmise à la surveillante en chef, Grace et Sister furent conduites directement à la chambre de Miriam.

« Je n'arrive pas à croire qu'on ait menti à des nonnes, chuchota anxieusement Sister. Raconter que je suis morte...

— Chuut », lui intima Grace.

La surveillante toqua à la porte de Miriam, avant de s'éloigner respectueusement.

Grace n'attendit pas qu'on réponde. Elle ouvrit sans même y avoir été invitée.

Dans la petite pièce grise se trouvaient trois lits étroits dotés d'une couverture grise. Un petit sous-main vert était posé sur chacun des trois minuscules bureaux. Et trois commodes étaient empilées l'une au-dessus de l'autre. Dans un coin se dressait une armoire double. Miriam était allongée sur le lit placé sous la fenêtre et sanglotait la tête dans l'oreiller. Grace songea que la bonne sœur devait déjà lui avoir annoncé la nouvelle.

Miriam releva la tête et resta bouche bée en voyant Grace et Sister dans l'embrasure.

« Ma pauvre chérie ! », s'exclama Grace en ouvrant les bras.

Miriam se redressa, stupéfaite, et après un instant d'hésitation, se précipita dans les bras de Grace.

« Ma puce, s'écria Sister, je ne suis pas morte ! Grace, tu n'aurais pas dû raconter ce mensonge !

— Quoi ? lâcha Miriam.

— Viens dans mes bras, dit Sister en tirant Miriam vers elle. Elles sont venues te dire que j'étais morte, pas vrai ? C'est pour ça que tu pleurais ?

— Non, répondit celle-ci d'un air confus en continuant à renifler.

— Dans ce cas, pourquoi est-ce que tu pleurais ? »

Miriam s'écarta et regarda Grace.

« Parce que je suis toujours en train de pleurer.

— Quoi ? s'exclama Sister. Tu n'as jamais pleuré de ta vie, Miriam ! Même quand tu étais petite et qu'Ivey t'a fait tomber ! »

Miriam s'écarta et recula vers le lit. Elle sécha ses larmes de son mouchoir.

« Qu'est-ce que vous faites ici ? demanda-t-elle.

— On est venues voir si tu allais bien, répondit

Grace en s'asseyant sur l'un des bureaux avant de croiser les jambes sous elle. Visiblement, non.

—Je hais cet endroit.

—Pourquoi ? s'écria Sister. Miriam, on n'en savait rien ! Pourquoi tu ne m'as pas appelée pour me dire que tu étais malheureuse ?

—Parce que vous étiez tous contents de me voir partir, voilà pourquoi !

—Mais pas du tout ! Je ne voulais pas que tu t'en ailles ! J'aurais voulu que tu restes avec moi pour toujours.

—Personne d'autre ne voulait de moi à Perdido.

—Tu manques à tout le monde, voulut la rassurer Sister. Frances n'arrête pas de parler de toi. Sans toi, elle dépérit.

—Ton chez-toi te manque, pas vrai ? », demanda Grace.

Miriam lui lança un regard noir, puis elle acquiesça.

« Beaucoup.

—Alors pourquoi tu n'es pas rentrée, bon sang ? demanda Sister.

—Personne ne me l'a demandé.

—Personne n'a à le faire ! Ma chérie, cette maison est à toi et nous sommes ta famille. Tu aurais pu rentrer pour le week-end, on aurait tous été heureux de te voir. Ivey aimerait cuisiner à nouveau pour toi. Et ta chambre est toujours prête. À vrai dire, personne ne sait quoi faire sans toi.

—Je hais cet endroit, répéta la jeune fille en jetant un regard plein de dégoût à la chambre.

—Tu n'aimes pas tes camarades ? demanda Grace.

—Je les déteste, et elles aussi me détestent.

—Je suis sûre qu'elles sont très gentilles, dit Sister sans conviction. Pourquoi est-ce que tu n'es pas revenue pour Thanksgiving ? Il y avait une chaise vide à table.

—Personne ne me l'a demandé.

—Seigneur ! cria Sister, exaspérée. Qu'est-ce qu'on était censés faire ? T'envoyer un messager avec une invitation officielle ? Miriam, on est ta *famille*. Tu n'es pas au courant ? »

À présent que Miriam ne pleurait plus, elle semblait maussade.

Après un moment à regarder Miriam puis Sister, Grace demanda d'un ton énergique :

« Miriam, quand est-ce que tes vacances de Noël commencent ?

—Vendredi.

—Très bien. Sister et moi, on va revenir te chercher. Tu vas passer les fêtes à Perdido, et tu n'as pas ton mot à dire. Si tu avais prévu autre chose, il va falloir que tu décommandes, parce que tu n'y couperas pas.

—Une fille dans mon cours d'histoire m'a invitée chez elle à la Nouvelle-Orléans, dit Miriam d'une voix hésitante.

— Annule, rétorqua fermement Grace. Tu rentres à la maison. Sister et moi, on sera ici vendredi.

— Je n'ai pas besoin de vous. J'ai ma voiture. Je serai à Perdido pour le dîner.

— On sera là quand même. On a des courses de Noël à faire à Mobile, puis on viendra t'aider avec tes valises. »

Miriam paraissait n'avoir attendu que ça, qu'on la prenne en main et qu'on lui ordonne de venir à Perdido. Elle esquissa un sourire et dit qu'elle était heureuse que Grace et Sister soient venues. Elle leur proposa ensuite de leur faire visiter le campus, après quoi elle les présenta à ses camarades de classe. Miriam ayant si ostensiblement retrouvé sa bonne humeur, il y eut un moment de gêne lorsqu'il fallut continuer à mentir à propos du décès d'un membre de la famille. Quand une des bonnes sœurs interrogea Grace, celle-ci répondit sans sourciller :

« Fausse alerte. Ce n'était qu'une attaque, Dieu merci elle va beaucoup mieux maintenant. »

Ce soir-là, Grace, Sister et Miriam dînèrent ensemble au *Government House* de Mobile, où Miriam leur confessa honteusement combien elle s'était sentie seule et malheureuse au cours des trois derniers mois.

« Je pleurais toutes les nuits avant de me mettre au lit, puis tous les matins en me levant. Je n'aurais jamais cru que Perdido et tout le monde là-bas me manqueraient autant. Je m'imaginais me promener sur la digue et acheter des épingles à cheveux au *Ben Franklin*.

— Mon trésor, si seulement tu m'avais appelée ou écrit pour me dire ce que tu ressentais... déplora Sister.

— C'est du Mary-Love tout craché, fit Grace avec rudesse. Il faut toujours que ce soit les autres qui fassent le premier pas. Sincèrement, Miriam, tu sais que c'est la vérité. Cette femme t'a montré le mauvais exemple. Il serait temps que tu essaies de t'en détacher un peu. »

Sister était certaine qu'à ces paroles directes Miriam allait entrer dans une colère noire, elle qui ne supportait pas qu'on parle mal de sa grand-mère. Mais la jeune fille, que le chagrin semblait avoir assagie, se contenta de répondre : « Une chose est sûre, je vais être contente de retrouver ma chambre. Si vous saviez comme j'en ai marre de tout partager. Et je sais qu'après le Nouvel An, ça va être terrible de devoir quitter à nouveau Perdido. »

LA ROUTE

Son séjour de trois mois au Sacré-Cœur avait enseigné une dure leçon à Miriam. Elle avait découvert qu'elle n'était pas aussi forte et indépendante qu'elle le pensait. Dès la première nuit, elle avait été assaillie par la solitude, un sentiment d'insécurité, le malheur et la tristesse. Elle n'aimait rien dans cet endroit, ses bâtiments, son campus, ses étudiantes et ses professeurs. Tout lui était étranger. Elle se sentait menacée par les bonnes sœurs, et les filles de son dortoir avaient l'air de détenir un secret sur la vie dont Miriam semblait tout ignorer. En dépit de ce qu'elle avait dit à sa famille, elle avait décidé de ne pas se convertir au catholicisme. Plus elle en apprenait sur cette religion, moins celle-ci lui convenait. Quoiqu'elle ne l'eût jamais avoué, y compris à elle-même, Miriam ignorait les raisons exactes pour lesquelles elle avait choisi cette université. Peut-être parce qu'elle était si proche de Perdido – bien qu'elle en soit partie avec l'intention de ne revenir qu'en de rares occasions. Peut-être parce que seules les femmes y étaient admises – elle ôtait ainsi à sa famille la satisfaction d'imaginer qu'elle puisse un jour songer, même vaguement, à se marier. Peut-être aussi parce que le Sacré-Cœur était de toutes, celle qui semblait la plus improbable pour elle.

Perdido lui avait manqué dès les premiers jours. Elle pensait souvent à la maison où elle avait grandi. À sa chambre, à celle de Mary-Love, à celle de Sister. Elle revoyait Ivey dans sa cuisine et brûlait d'envie d'entendre le crissement du râteau de Luvadia en train de dessiner des motifs sur le sable. Elle voulait écouter les craquements des branches pourrissantes des chênes d'eau par sa fenêtre. Elle songeait à la Perdido, toujours rapide, toujours turbulente derrière ses murs protecteurs d'argile rouge. Dès l'instant où elle avait posé le pied au Sacré-Cœur, elle avait voulu retourner dans sa ville natale, vivre comme elle avait toujours vécu. Elle avait désespérément besoin de la compagnie de Sister et se languissait de la présence d'Oscar, Elinor et Frances d'un côté de la maison, et de James et Danjo de l'autre. Miriam était même allée jusqu'à l'une des banques de Mobile pour ouvrir son coffre-fort et contempler les diamants et les saphirs qui s'y trouvaient, mais les bijoux ne lui avaient apporté aucun réconfort. Elle avait refermé le coffre et était retournée pleurer dans sa chambre.

Elle n'avait jamais songé à rentrer à Perdido pour le week-end, même si la ville n'était qu'à quatre-vingts kilomètres et qu'il ne fallait qu'une heure et demie pour s'y rendre avec sa décapotable. Alors même que sa famille lui manquait cruellement et qu'elle s'avoua pour la première fois à quel point elle les aimait, ils restaient pour elle des ennemis. C'était l'impitoyable leçon que lui avait transmise sa grand-mère, un enseignement qui, désormais, la faisait souffrir. Elle guettait un signe de capitulation : un appel téléphonique de Sister lui disant qu'elle leur manquait ; une carte postale de Frances lui demandant quand elle rentrait ; un télégramme passionné l'invitant à passer les fêtes de Thanksgiving en famille ; une visite soi-disant fortuite de James et Queenie à l'issue de l'une de leurs journées de shopping à Mobile. Sans nouvelles de personne, elle en avait conclu que sa famille avait gagné, et qu'elle avait perdu. La venue de Grace était un don du ciel. Miriam pria avec ferveur le Dieu de ses camarades pour le remercier.

Or, à mesure que les vacances de Noël approchaient, elle se sentit gagnée par l'anxiété. Elle retournait chez elle pétrie de honte et vulnérable. Grace devait avoir raconté à tous comment elle avait été terrassée par la solitude, son souhait d'avoir des nouvelles des siens et combien chacun lui avait manqué – y compris son père et sa mère. C'est pourquoi elle avait refusé que Grace et Sister viennent la chercher à l'université. La boule au ventre, elle fit seule à la tombée de la nuit le trajet jusqu'à Perdido.

Elle se gara devant sa maison, porta son bagage à l'intérieur et appela Sister. Pas de réponse.

Au Sacré-Cœur, Miriam faisait un cauchemar récurrent. Dans son rêve, elle avait mis son orgueil de côté et retournait à Perdido, seulement pour découvrir que les membres de sa famille avaient abandonné leurs demeures et étaient partis sans laisser d'adresse. Dans la maison vide baignée des dernières lueurs du crépuscule, le cauchemar paraissait être devenu réalité. Miriam prit peur. Elle courut dehors et se tint tremblante et minuscule sous les immenses chênes d'eau.

« Miriam ! », lança la voix de Sister au-dessus de sa tête. Elle leva les yeux. Sa tante se tenait dans la véranda d'Oscar et Elinor. « On est tous ici, ma chérie ! »

« Ils ont gagné, ils ont gagné », pensait en boucle Miriam alors qu'elle entrait chez ses parents. Ombre noire, Zaddie apparut dans le hall encore plus sombre.

« Eh, mam'selle Miriam, comment ça va ?

— Ça va, Zaddie. Ça va très bien », répondit-elle en grimpant silencieusement l'escalier d'un pas lent.

La famille au complet était rassemblée : ses parents, Sister, Frances, Danjo, James, Grace, Queenie et Lucille.

« Bonsoir tout le monde, dit doucement Miriam. Je suis de retour. »

Personne ne cria au triomphe.

« Miriam, la salua sa mère d'une voix tranquille, Grace nous a dit qu'une de tes amies t'avait invitée à passer les fêtes avec elle, et nous sommes sincèrement ravis que tu aies changé tes projets pour venir nous voir.

— Nous allons tous dîner ensemble... en ton honneur, ajouta timidement Oscar. Parce qu'on est tellement heureux de te revoir, mon cœur. »

Rien de plus ne fut ajouté à propos de son retour. Personne ne l'interrogea sur ses raisons, pas plus qu'on ne la mit face à son déshonneur ou que l'on piétina son esprit prosterné.

Miriam s'assit sur la balancelle à côté de Frances, qui d'un mouvement rapide et craintif se pencha vers elle et la prit dans ses bras. Miriam ne comprenait rien à ce qu'il se passait. Elle jeta un regard interrogateur à Grace.

« Miriam, dit cette dernière, quand j'ai prévenu tout le monde que tu avais décidé de passer Noël avec nous, tu n'imagines pas comme ils ont été heureux ! »

Tout s'expliquait : Grace et Sister n'avaient rien dit de son triste sort au Sacré-Cœur. Seules sa cousine et sa tante savaient qu'elle avait été vaincue par ses émotions et sa faiblesse.

Queenie lui demanda si elle se plaisait là-bas.

« Il… faut encore que je m'habitue, répondit-elle avec prudence. Je n'avais jamais imaginé qu'il existait autant de catholiques. Je savais qu'il y en avait à la scierie – n'est-ce pas, Oscar ? –, mais je n'avais jamais vu autant de personnes prier la Vierge, égrener leur chapelet ou emmener partout avec elles de petites cartes avec des illustrations de la crucifixion. Tout ça me rend un peu nerveuse, mais c'est parce que je ne suis pas encore habituée. »

Miriam découvrit qu'en son absence, beaucoup de choses avaient changé au sein de la famille. Désormais, on attendait d'elle qu'elle aille tous les jours déjeuner chez ses parents, et pas question d'y déroger. Les premiers temps, elle s'indigna à la pensée de devoir leur faire quotidiennement la conversation, eux qu'elle avait si peu fréquentés dans sa vie. Avant de prendre conscience qu'ils s'étaient mis à la traiter différemment.

Pour la première fois, de manière soudaine et radicale, on la considérait comme une adulte. Elle était l'égale de Sister, il lui semblait qu'elle était même au-dessus de Frances et Lucille.

Miriam ignorait à quoi elle devait cette subite promotion.

Ce qu'elle ne soupçonnait pas, et ne découvrit jamais, c'est que Grace et Sister avaient bel et bien tout raconté aux Caskey. Ils étaient au courant qu'elle avait souffert d'être loin de chez elle, qu'elle s'était endormie chaque soir en pleurant, qu'elle était remplie de haine pour le Sacré-Cœur et pleine de dégoût pour tout ce qui n'était pas Perdido. Les Caskey avaient été touchés par ces révélations. Aucun d'entre eux n'avait soupçonné une telle sensibilité chez Miriam; et quand elle était revenue pour Noël, personne n'avait eu le cœur à lui renvoyer sa honte au visage.

Quand le Nouvel An arriva, Miriam se retrouva face au choix de devoir retourner au Sacré-Cœur la semaine suivante, ou annoncer son intention de ne plus jamais quitter Perdido. De ce qu'elle savait, aucun membre de la famille n'était au courant de son aversion pour son campus et de son amour pour ici. Il lui était donc impossible d'annoncer soudainement: « J'étais malheureuse comme les pierres là-bas, je ne veux pas y retourner. » Sa famille ne saurait pas quoi penser. Cependant, il lui était tout aussi impossible de quitter à nouveau sa ville natale, qui ne lui avait jamais autant paru un havre de paix et de douceur.

Ce fut son père qui résolut le problème. Le jour du Nouvel An, tandis qu'on se passait les plats de dinde, de faisan et de jambon, Oscar dit à sa fille:

« Miriam, comme j'aimerais que tu ne nous quittes plus. Je ne t'ai jamais vue autant que ces derniers jours, ça va me briser le cœur de te voir repartir.

— Je n'ai pas le choix, Oscar, répondit-elle faiblement.

— Bien sûr que tu as le choix ! s'exclama Sister. De nos jours, c'est très important pour une jeune fille d'aller à l'université, ce n'est pas moi qui dirai le contraire, mais pour une fois, j'aimerais que tu arrêtes de te comporter en égoïste et que tu penses un peu à moi. Je me sens tellement seule sans toi ! »

Sister pouvait désormais parler librement de solitude sans que quiconque lui fasse remarquer qu'elle avait toujours l'option de retourner auprès de son époux à Nashville.

Miriam ne savait pas quoi dire. À présent que l'on facilitait sa décision – que sa famille, d'une certaine façon, rendait les armes et la suppliait de rester auprès d'elle –, il lui semblait que les mois passés au Sacré-Cœur n'avaient pas, en fait, été si difficiles que ça. Certes elle avait été malheureuse, avait pleuré chaque nuit et s'était réveillée chaque matin les yeux encore gonflés de larmes, mais ses notes n'en avaient pas souffert pour autant, et puis elle trouvait agréable d'être aussi proche des commodités qu'offre une grande ville comme Mobile. En bref, ce fut seulement quand sa famille exprima le désir qu'elle ne les quitte pas que se dessina la possibilité de retourner à l'université.

« Miriam, tu te rappelles l'été dernier quand on allait tous les jours en voiture à Pensacola ? demanda timidement Frances.

— Je m'en souviens, répondit-elle d'un ton absent.

— Eh bien, Mobile n'est pas beaucoup plus loin, poursuivit sa sœur. Pourquoi tu n'irais pas là-bas tous les jours ? Il n'y a qu'une heure de route.

— C'est plus long que ça, répondit Miriam, la regardant à présent avec intérêt. L'université est à l'autre bout de la ville.

— N'empêche, ça reste faisable, intervint Sister, tout excitée. Tu pourrais vivre à la maison, aller tous les matins en voiture à Mobile et être rentrée pour le dîner. Je pourrais demander à Ivey de rester plus tard le soir et de te préparer un repas chaud.

— Oui, je pourrais faire ça, dit Ivey qui sortait à ce moment-là de la cuisine avec un plat de crème de maïs. C'est avec plaisir que je vous ferais à manger, mam'selle Miriam.

— Alors c'est réglé, lança Oscar. Tu ne vas pas nous quitter. Tu feras tous les jours l'aller-retour en voiture. Comme ça tu pourras dormir dans ton lit et nous rendre tous heureux.

— Ça va être compliqué à organiser pour moi, objecta Miriam.

— On s'en fiche, dit Sister. Pour une fois, tu vas faire ce qu'on te dit de faire. Peu importe que ça soit compliqué. »

L'administration de l'université refusa la demande de Miriam de vivre chez elle. De désespoir, elle monta dans sa chambre et pleura toutes les larmes de son corps. Toujours en sanglots, elle appela Sister pour lui annoncer que leur plan tombait à l'eau.

Le lendemain matin à huit heures, Grace était sur le campus et exigeait de parler au recteur. Elle lui dit qu'on avait besoin de Miriam à la maison le soir pour prendre soin de sa tante, et tutrice, malade qui ne s'était pas encore rétablie de son attaque et ne voulait voir personne excepté sa nièce. Si ce n'était pas possible, et pour le bien de sa tante, il faudrait la retirer de l'université. Le recteur céda. Miriam fit ses bagages, salua ses camarades de chambre et se hâta de rentrer à Perdido.

Tous les matins, elle faisait la route jusqu'à Mobile dans sa décapotable, suivait ses cours, puis rentrait chez elle pour seize ou dix-sept heures. Parfois, elle était de retour pour le déjeuner. Elle ne se plaignait jamais des trajets, même si tout le monde pensait qu'elle se lasserait bientôt de ces incessantes allées et venues. D'autres fois, Grace, Sister ou même sa mère l'accompagnaient et restaient la journée à faire les boutiques. Quoiqu'elle se montre encore souvent sèche et peu commode avec les siens, elle pouvait désormais passer tout un repas avec eux sans se vexer ou s'offusquer d'une remarque innocente. L'influence de sa grand-mère commençait peu à peu à s'estomper.

Elle ne vit aucune raison de changer ses habitudes pour sa deuxième année d'études. Un jour, elle suggéra à sa sœur, en dernière année de lycée à Perdido, de s'inscrire elle aussi au Sacré-Cœur. « Puisque j'y vais tous les jours, autant que tu profites du voyage. »

La proposition ravit Frances. Elle aussi avait songé à cette éventualité, mais n'avait pas osé en parler à Miriam par crainte d'un refus catégorique. Elinor et Oscar se réjouirent. À leurs yeux, leur cadette était encore fragile et dépendante. Ce serait un soulagement de savoir Miriam dans les parages pour sa périlleuse première année à l'université. Oscar craignait qu'à l'inverse de Miriam, Frances soit tentée de se convertir, mais Elinor lui assura que leur fille s'en tiendrait obstinément à ses principes méthodistes. La jeune fille fit une demande d'inscription à l'université du Sacré-Cœur, qui fut acceptée. À l'automne 1940, elle se retrouva à occuper tous les jours le siège passager du petit véhicule de sport.

Les deux sœurs avaient beau emprunter tous les jours la même route, Frances ne cessait de s'émerveiller de la façon dont le voyage matinal pour Mobile différait entièrement de celui vespéral pour rentrer. Lorsqu'elles quittaient Perdido, elles traversaient d'abord la forêt de pins – dont les Caskey possédaient une grande partie –, puis Bay Minette, le chef-lieu du comté de Baldwin. La voie rapide passait ensuite par Pine Haven et Stapleton, de sinistres bourgades où résidaient exclusivement des producteurs de noix de pécan ou de pommes de terre, pour aller jusqu'à Bridgehead. Venait alors une route merveilleusement longue et droite flanquée de chaque côté de marécages, d'îlots et de rivières qui, dans la lumière du petit matin, se fondaient imperceptiblement les uns dans les autres. Ici, les rivières étaient larges comme des fleuves et prenaient leur source à moins d'une quinzaine de kilomètres en amont. Il y avait de vastes îles herbeuses quasiment à fleur d'eau, où les pêcheurs disparaissaient souvent. De part et d'autre de la bande goudronnée s'étendaient à perte de vue le ciel rose, l'eau bleue et l'herbe verte des marais. La rivière Blakeley se noyait dans la baie de Dacke, qui à son tour devenait le fleuve Apalachee. Les frontières entre ces différents cours d'eau étaient floues : la baie de Chacaloochee, la rivière Tensaw, la baie de Delvan et le fleuve Mobile.

Au cours de ces trajets vers l'université, que les sœurs effectuaient alors qu'elles étaient à peine réveillées, Frances contemplait l'eau, le ciel et la nature, et se rappelait non seulement l'été que Miriam et elle avaient passé à la plage de Pensacola, mais aussi de temps plus anciens, nébuleux, du passé et de son enfance, et de temps impossiblement antérieurs, avant même qu'elle ne *soit* Frances Caskey. La capote de la voiture était toujours repliée et le gémissement du vent rendait toute conversation impossible. L'odeur des bayous où toutes ces rivières, ces estuaires et ces ruisseaux se déversaient dans la gueule béante de la baie, emplissait le cerveau de Frances. Alors qu'elle ne dormait pas, il lui semblait qu'elle rêvait. Le ciel rose était lumineux et vide. En dessous, l'eau était bleue et dormante. Le vent était une musique sans notes ni mélodie et paroles, mais dont le rythme et les variations lui étaient tout à fait familiers.

En rêve, Frances voyait les choses secrètes qui demeuraient tapies sous la surface de l'eau claire et regardaient avec avidité passer l'automobile sur la chaussée. Elle savait ce qui se dissimulait dans l'herbe rase des vagues îles marécageuses, quelles choses mortes gisaient tordues et brisées sous la boue immémoriale. Elle rêvait des os enfouis sous les monticules herbeux, elle voyait ce qui déchirait les filets des pêcheurs, elle comprenait pourquoi les pêcheurs eux-mêmes disparaissaient parfois.

Elle se réveillait – ou plutôt elle cessait de rêver – lorsque la voiture sortait du tunnel qui passait sous le dernier affluent de ce fleuve Mobile si morcelé. Elle se tournait vers sa sœur et lui souriait avant de dire : « Tiens, on est déjà là… »

Le trajet de retour était différent. Les nuages souillaient la pureté du ciel ; déjà l'est devant elles s'obscurcissait. Les marécages, les baies, les rivières et les îles paraissaient sales et détrempés. Les bourgades du comté de Baldwin étaient bondées, bruyantes et crasseuses. Même la forêt de pins semblait poussiéreuse et lasse. Lors de ces retours, Frances ne rêvait jamais et ne se souvenait jamais de ce qu'elle avait vu en songe le matin même.

Le soir, elle avait toujours l'impression que quelque chose manquait, aussi se prenait-elle à espérer que les heures passent et que revienne l'aurore. Et au matin, tandis que Miriam filait sur la chaussée, Frances se remettait à rêver de ce qui gisait sous la surface frissonnante des eaux bleues.

LA MOBILISATION

Perdido pensait peu à la guerre qui faisait rage en Europe ; la ville était *pour* les Alliés, et *contre* l'Axe, voilà tout. Ce qui préoccupait Perdido, c'était d'affronter les assauts répétés de la Dépression. Jusqu'à ce que, tel un coup donné par surprise derrière la tête, la Garde nationale se retrouve mobilisée en novembre 1940. Cent dix-sept jeunes citoyens de la ville reçurent une convocation les avertissant qu'ils pouvaient être appelés à se battre d'un moment à l'autre. À Baptist Bottom, le second vieux dortoir qui avait servi aux hommes de la digue fut converti en baraquement, et les cent dix-sept appelés, qu'ils soient employés de la scierie, étudiants ou fainéants s'y rassemblèrent tous les matins dans l'attente d'être mis sur le pied de guerre. Mais Noël puis le Nouvel An passèrent sans que l'ordre ne soit donné.

Oscar était soulagé qu'aucun de ses hommes n'ait encore été mobilisé ; il avait besoin d'eux.

Pendant la Dépression, il avait continué à leur fournir du travail, plus que ce que requérait la main-d'œuvre des scieries et des ateliers Caskey. Or, l'activité avait bondi ces derniers mois. Le département de la Guerre avait commandé de grandes quantités de bois et de poteaux. Oscar apprit qu'un nouveau camp, Rucca, était en cours de construction dans la région du Wiregrass en Alabama, et qu'Eglin Field, la base aérienne à la frontière de la Floride, triplait de volume. Il fit publier des annonces dans le *Perdido Standard* et dans les journaux locaux d'Atmore, Brewton, Bay Minette, Jay, Pensacola et Mobile à destination de ceux qui n'avaient pas encore été appelés. Certains répondirent, mais pas autant qu'il l'aurait espéré. Beaucoup de jeunes hommes des comtés de Baldwin et d'Escambia avaient déjà été enrôlés. Tous les matins, alors qu'il se faisait raser chez le barbier, il examinait les options qui lui restaient : embaucher des lycéens qui viendraient travailler l'après-midi ; embaucher des femmes pour les tâches moins physiques qui auparavant étaient exécutées par des hommes ; embaucher des Noirs à des postes qui jusque-là leur avaient été interdits. Ces stratégies n'étaient pas encore nécessaires, mais Oscar anticipait le moment où il serait obligé d'y recourir.

Il avait perdu une partie de son entrain. À la suite de la mort de Mary-Love et du retrait des affaires de James, la direction de la scierie avait été placée sous sa seule responsabilité. Il avait dû faire face au développement de la compagnie en même temps qu'à une baisse des commandes. À presque quarante-cinq ans, avec deux filles à l'université, il n'était plus tout jeune et devait assumer la charge d'une entreprise dont dépendait le bien-être de toute une ville. Il s'accommodait d'une existence modeste et disciplinée, rythmée par sa famille et le travail. Il adorait les siens et tirait une immense fierté de son entreprise, mais parfois il regardait tout ça et se posait des questions. Et parfois, ses yeux s'arrêtaient sur son épouse, et il se demandait: « Qui est-elle ? »

Elinor avait changé elle aussi, et de façon plus frappante encore depuis la mort de Mary-Love. Elle était plus calme, ses accès de colère semblaient l'avoir quittée; elle paraissait moins dangereuse. Oscar ne décelait plus les instincts destructeurs qui autrefois l'avaient habitée. Par le passé, Elinor avait paru animée d'une sorte d'avidité mais qui n'aurait pas été égoïste – une avidité entièrement dirigée vers lui et Frances plutôt que pour son bénéfice à elle. Récemment, la source de ce dévorant appétit semblait s'être tarie. Oscar pensait parfois à l'avenir de la scierie lorsque lui et sa femme étaient au lit. Il lui demandait alors son avis, voulait savoir ce qu'elle aurait fait à sa place, ce que telle ou telle personne en ville pensait d'une chose ou d'une autre. Mais l'intérêt d'Elinor pour ces discussions s'était lui aussi étiolé. En réalité, son intérêt pour quasiment tous les sujets avait à ce point faibli qu'Oscar s'en inquiéta et lui suggéra de prendre rendez-vous avec le docteur Benquith afin qu'il lui prescrive un traitement. Il était persuadé que quelque chose n'allait pas.

« Dis-moi, Elinor, demanda-t-il une nuit en se tournant vers elle dans le noir, quel âge as-tu ?

— C'est la première fois que tu me poses cette question, s'étonna-t-elle. Pourquoi maintenant ? »

Oscar eut une hésitation.

« Tu agis de façon si étrange en ce moment. J'ai cru que tu étais enceinte. »

Elle se mit à rire, mais d'un petit rire ténu.

« Je pensais, c'est tout. »

Oscar comprit soudain que sa femme avait précisément attendu une question de ce genre pour lui parler de ce qu'elle avait en tête depuis un certain temps.

« Tu pensais à quoi ? demanda-t-il avec douceur.

— À Miriam et au fait qu'elle se soit sentie si seule quand elle est partie à l'université.

— Oui. Mais elle n'a rien laissé paraître.

— Moi aussi, j'ai le mal du pays, Oscar, dit-elle d'une petite voix en enlaçant son mari d'une étreinte froide et désespérée.

— Elinor ! s'écria-t-il, surpris. Je ne crois pas t'avoir entendu évoquer Wade une seule fois en quinze ans.

—Pourtant, j'y pense beaucoup, répondit-elle après un silence.

—Ta famille là-bas est encore en vie ? Je sais qu'ils ne te donnent jamais de nouvelles.

—Il en reste quelques-uns, mais très peu. Et c'est vrai que nous n'avons jamais été du genre à nous envoyer des lettres ou à nous téléphoner.

—Pourquoi tu n'irais pas leur rendre visite ?

—C'est ce que j'ai envie de faire.

—Ça te fera du bien de prendre l'air. Je crois que tu es restée enfermée ici trop longtemps. Perdido est si petite. Et puis, ça fait si longtemps que tu n'es pas retournée chez toi…

—C'est vrai, soupira-t-elle. Ma ville me manque. Depuis quelque temps, je me sens lasse, déprimée. Peut-être que tout ce dont j'ai besoin c'est de retourner chez moi quelques jours.

—J'aurais aimé t'accompagner…

—Mais tu ne peux pas, coupa-t-elle précipitamment. Tu as trop de travail à la scierie.

—Je sais. C'est pour ça que tu devrais y aller avec quelqu'un d'autre. Emmène Sister, Grace ou James. Je sais qu'ils seraient ravis de rencontrer ta famille. Comme tu ne parles jamais d'eux, j'en oublie parfois qu'ils existent. Je ne sais pas pourquoi, j'étais persuadé qu'ils étaient tous morts.

—Comme j'ai dit, il n'en reste pas beaucoup. Mais je crois que j'ai envie d'y aller seule.

—Tu en as marre de nous, c'est ça ? rit Oscar.

Je comprends parfaitement, tu sais. On est tous plutôt fatigants, n'est-ce pas ? »

Elinor rit à son tour et enlaça son mari. Son étreinte n'était plus aussi désespérée, mais ses bras autour de lui étaient comme froids et moites.

Le lendemain chez le barbier, Oscar songeait non plus à la scierie mais à sa femme. Il était heureux d'avoir réussi à mettre le doigt sur ce qui la tracassait : la nostalgie de sa ville natale, Wade, dans le comté de Fayette. De toutes les causes de la tristesse ou de la mélancolie d'Elinor, la dernière chose à laquelle il aurait pensé était que sa famille puisse lui manquer. Il allait veiller à ce qu'elle aille rapidement les voir, impatient qu'il était de la voir retrouver son entrain et son énergie. Lorsqu'il rentrerait pour le déjeuner, il allait l'encourager à partir dès cette semaine, puisque rien ne la retenait à Perdido.

En arrivant chez lui à midi, quelle ne fut sa stupéfaction de découvrir que, sans lui dire un mot, Elinor était déjà partie.

« Elle a sorti une valise, la petite, dit Zaddie. Puis elle a envoyé Bray mettre de l'essence dans l'auto. Elle m'a donné plein d'instructions pour quand elle serait absente. Et puis elle est partie. Je lui ai demandé si elle voulait grignoter un bout de poulet, mais elle m'a répondu qu'elle mourait d'envie de retrouver sa famille. Avant que j'aie pu dire *ouf*, elle avait filé, Monsieur Oscar.

— Je ne peux pas y croire, dit celui-ci, abasourdi. Elle ne m'a même pas dit au revoir. »

Zaddie répéta son histoire aux autres membres de la famille lorsqu'ils arrivèrent pour le déjeuner. Tous furent déconcertés, si bien qu'ils ne cessèrent d'appeler la domestique à la salle à manger pour répondre aux questions des uns ou des autres.

« Zaddie, est-ce qu'elle a d'abord téléphoné à Wade pour s'assurer qu'on allait pouvoir l'accueillir ? », interrogea Queenie.

« Elle a laissé un numéro où la joindre ? », demanda Grace.

« Ou bien une adresse, afin qu'on puisse lui envoyer un télégramme ? », s'enquit James.

« Est-ce qu'elle t'a au moins donné le nom des personnes chez qui elle allait loger ? demanda Oscar. Ça doit être des Dammert, mais je ne crois pas avoir jamais entendu Elinor parler d'eux. C'est peut-être la famille de sa mère, dans ce cas on ignore même comment ils s'appellent. » Il regarda les personnes assises à table. « Quelqu'un est déjà allé à Wade ? »

Tous les Caskey secouèrent la tête.

« Jusqu'à ce qu'Elinor en parle, je n'avais jamais entendu ce nom, dit James. D'ailleurs, je ne m'en souviens que maintenant. Qui aurait cru qu'Elinor ait encore de la famille ? Je ne crois pas qu'elle les ait mentionnés depuis vingt ans que je la connais.

— Tout ce que je peux dire, intervint Sister, c'est qu'elle devait être terriblement impatiente de les retrouver si elle est partie sans dire au revoir à personne, sauf Zaddie. Oscar, tu es sûr qu'elle ne s'est pas arrêtée à la scierie avant de quitter la ville ?

— Certain.

— Elle est partie dans l'autre direction, dit Zaddie depuis la cuisine. Elle a pris la Old Federal Road. »

Ils se regardèrent, sidérés.

« Mais ça ne mène nulle part ! s'écria James. J'espère qu'elle avait une carte avec elle, parce que cette route devient vite un chemin de terre… »

Personne ne savait quoi faire. Ils n'avaient aucun moyen de contacter Elinor en cas d'urgence, et aucune idée de quand elle avait l'intention de rentrer. Elle n'avait rien dit de la durée de son séjour. Tous les jours, les Caskey attendaient qu'elle réapparaisse, et toutes les nuits, Oscar se couchait seul et déçu. Au bout d'une semaine, Grace se proposa d'aller à Wade – où que cela puisse être – et de trouver Elinor, mais Oscar l'en empêcha.

« Je ne veux pas que tu fasses ça. Elinor va bien, je ne me fais pas de souci à son sujet. Elle voulait s'éloigner de nous tous pendant un moment. Après vingt ans, je ne lui en veux pas. On ne peut quand même pas la pourchasser jusque là-bas et la forcer à revenir comme si on était perdus sans elle.

— Papa, moi, je suis perdue sans elle, protesta Frances. Elle me manque tellement !

— Je sais, ma chérie. À moi aussi, elle me manque », soupira Oscar.

Au cours de la deuxième semaine d'absence d'Elinor, par une journée invraisemblablement chaude de janvier 1941, les appelés reçurent l'ordre de partir deux jours après pour le camp Blanding près de la côte atlantique de Floride, où ils recevraient un entraînement militaire de base. Les hommes, plus ou moins jeunes, avaient ce délai pour empaqueter leurs affaires, faire leurs adieux à leur famille et sortir se saouler une dernière fois.

La veille de leur départ à six heures du matin, deux garçons fraîchement diplômés, voisins et amis d'enfance, que la guerre arrachait à leurs cours et à leurs amourettes d'étudiants, se rendirent dans l'après-midi en Floride, juste après la limite de l'État pour y acheter un pack de vingt-quatre Budweiser moyennant une rallonge d'un dollar.

De retour à Perdido, craignant d'être vus de leurs parents ou de tout autre adulte qui jugerait d'un mauvais œil leur penchant pour l'alcool, ils firent le tour de la ville par le nord et garèrent leur auto dans le bosquet de chênes face à la confluence de la Perdido et de la Blackwater. Ils se mirent aussitôt à décapsuler leurs bières et à les boire cul sec. Après la troisième tournée, l'un des garçons fut pris de l'envie de se soulager. Il descendit de voiture et s'avança vers l'un des chênes. Alors qu'il urinait, il aperçut quelque chose qui brillait d'un éclat métallique à travers le rideau de feuilles et de branches. Lorsqu'il eut reboutonné son pantalon, il pénétra sous le dôme naturel du chêne. À sa stupéfaction, il découvrit une automobile. Une petite valise était posée sur la banquette arrière et la clé, encore sur le contact. Dans son hébétude alcoolisée, il essaya de résoudre le mystère que constituait la présence d'un véhicule inoccupé en pareil lieu.

Alerté par son absence, son ami le rejoignit, et lui non plus ne put formuler aucune explication. Dans l'espoir de trouver un indice sur le propriétaire de l'engin, et enhardis par les effets des Budweiser, les garçons ouvrirent la valise. Elle était vide.

« C'est une voiture volée, dit le garçon qui l'avait découverte. Et le voleur l'a abandonnée là. Y a pas d'autre explication.

— Si son plan c'était juste de l'abandonner, pourquoi il se serait donné la peine de la cacher ? demanda son ami.

— Peut-être qu'il y a un corps dans le coffre. »

Ils avaient beau s'enrôler dans l'armée le lendemain, aucun d'eux ne fut assez courageux pour vérifier cette hypothèse-là.

Les garçons quittèrent avec une certaine nervosité le couvert du chêne et retournèrent à leur véhicule. Dans une tentative d'oublier l'auto dissimulée sous l'arbre, ils descendirent quatre bières de plus, puis six autres avant de se mettre à déblatérer sur le sort que leur réserverait la vie militaire. Tandis que le soleil se couchait à l'horizon, ils se laissèrent aller à un sommeil éthylique dans la voiture. Ils espéraient se réveiller sobres.

Tôt le lendemain, trois cars se garèrent devant l'hôtel de ville et cent quinze hommes y grimpèrent. Presque tout Perdido était venu leur dire au revoir. L'événement fut soudain interrompu par l'annonce que deux jeunes manquaient à l'appel. Hormis eux, tous les conscrits du comté de Baldwin s'étaient présentés. La désertion des deux étudiants jeta l'opprobre sur la ville. Honteux et tendus, leurs parents regagnèrent leur domicile, prétextant sans conviction que leurs enfants avaient dû être victimes d'un accident ou que quelque absolue nécessité les avait empêchés de venir.

Les Caskey aussi avaient fait le déplacement, et une fois que les cars furent partis sous un tonnerre d'applaudissements, ils rentrèrent chez eux. À leur immense surprise, la voiture d'Elinor était garée devant sa maison. Elinor elle-même était assise sous le porche dans l'attente de leur retour. Oscar pressa le pas tandis que Frances se mit tout bonnement à courir vers sa mère. Elinor prit sa fille dans ses bras et la souleva de terre.

« Oh, maman, tu m'as tellement manqué ! On ne savait même pas quand tu allais rentrer ! J'ai dû regarder par la fenêtre cinquante millions de fois en espérant te voir revenir.

— Eh bien, me voilà !

— Tu es très belle ! », s'exclama Frances, comme surprise, tout en reculant d'un pas pour examiner sa mère.

Oscar et les autres les avaient rejointes à présent.

« C'est vrai que tu es radieuse, dit Oscar lorsque Elinor descendit les marches pour venir embrasser son mari tandis que tous se bousculaient pour la serrer dans leurs bras.

— Je me sens radieuse, répondit-elle. J'ai l'impression que je pourrais affronter toute l'armée allemande.

— Ton séjour a l'air de t'avoir fait un bien fou, déclara James.

— Qu'est-ce que tu as fait à Wade, maman ?

— Rien. Absolument rien. Je suis restée chez moi, c'est tout. Je n'ai pas levé le petit doigt. C'était reposant de ne plus vous avoir dans les pattes pendant deux semaines », dit-elle en riant de bon cœur.

Oscar se demanda depuis combien de temps sa femme n'avait pas fait preuve d'une telle joie de vivre.

« Comment se porte ta famille ? s'enquit Sister.

— Oh, ça va, répondit vaguement Elinor. Il ne reste plus grand monde, et on ne s'entend plus si bien que ça.

— Pourquoi ? demanda Grace.

— Ils croient que je les ai abandonnés quand je suis venue m'installer ici et que j'ai épousé Oscar. La plupart ne partent jamais de chez eux, et moi, c'est ce que j'ai fait. Ça les a rendus furieux, voilà.

— Ils sont toujours en colère ? », demanda Oscar avec curiosité. C'était la première fois qu'Elinor parlait de sa famille.

« Bien sûr, sourit-elle. Mais comme je n'étais là que pour quelques jours, je ne m'en suis pas préoccupée. Qu'ils pensent ce qu'ils veulent. J'étais seulement heureuse d'être à la maison. »

Elinor paraissait avoir retrouvé son énergie et sa détermination. Désormais, elle ne tenait plus en place, n'était plus malheureuse et fourmillait de projets. Elle fit planter à Bray un nouveau massif de camélias à l'arrière de la maison, en dépit des protestations de ce dernier que rien ne pousserait jamais dans le sable. Elle acheta du mobilier pour les pièces du rez-de-chaussée. Elle cousit des rideaux pour tout l'étage de la maison de Miriam et Sister sans qu'elles aient demandé quoi que ce soit. Elle ne cessait de discuter avec Oscar des conséquences probables de la guerre sur leurs affaires et se mit en tête de frapper à toutes les portes de la région pour demander si quelqu'un ne cherchait pas du travail à la scierie. Parfois, elle accompagnait Frances et Miriam à Mobile, et passait la journée à faire les magasins pendant que ses filles étaient en cours. Avec l'aide de Zaddie, elle nettoya la maison de fond en comble et se débarrassa de tout ce qui n'avait pas servi au cours des deux années passées. Elle emmena le docteur Benquith chez les Sapp afin qu'il examine chacun des enfants et des petits-enfants, et qu'il les soigne des maladies qui touchent souvent les familles pauvres à la campagne. Avec Queenie, elle alla rendre visite à Dollie Faye Crawford sur la route de Bay Minette. Elle proposa à Lucille de lui apprendre à se servir d'une machine à coudre. Elle confectionna des cakes aux fruits qu'elle envoya à Malcolm désormais basé dans le New Jersey. Sa bonne humeur était contagieuse et semblait gagner toute la famille.

En Europe, la situation empirait chaque jour davantage. Le département de la Guerre passa de plus en plus de commandes à la scierie. Pour la première fois depuis 1926, elle fonctionnait à plein rendement. Perdido se mit à bourdonner d'activité. C'était probablement le bruit des machines qui, sans discontinuer, débitaient du bois ou fabriquaient poteaux, poutres, montants de portes et cadres de fenêtres. À moins que ce ne soit la Perdido, presque oubliée derrière ses murs d'argile, qui déchaînait son grand tumulte, son cours inexorable de feuilles mortes, de branches et d'ossements en direction du tourbillon, pour les inhumer dans la boue au fond de son lit.

Les cent quinze appelés de Perdido terminèrent leur entraînement à la fin avril, puis ils furent disséminés dans tout le pays. La plupart échouèrent dans le Michigan, quelques-uns dans le Missouri, d'autres furent envoyés au camp Rucca pour aider à sa construction. On ne retrouva jamais les deux garçons. Une semaine après la mobilisation, cependant, on découvrit leur auto dans le bosquet de chênes du côté inhabité de la confluence, avec sur la banquette arrière, un pack de Budweiser encore à moitié entamé.

LE RATIONNEMENT

Lucille et Queenie ignoraient où se trouvait Pearl Harbor lorsqu'un dimanche après-midi, elles entendirent la nouvelle à la radio ; peu de gens à Perdido le savaient. Cependant tous comprirent ce que l'attaque japonaise signifiait pour le pays. Toute la journée, on se rendit visite les uns aux autres en disant des choses comme : « Je me demande ce qui va nous arriver maintenant. » La guerre semblait inéluctable. La question était de savoir de quelle manière cela affecterait Perdido.

Trois jours après l'entrée des États-Unis dans le conflit, l'essence fut rationnée. Leur société étant considérée comme vitale à la défense de la nation, chacun des foyers Caskey se vit attribuer la catégorie C, qui leur donnait droit à soixante litres d'essence hebdomadaires. Peu après, ce fut au tour du sucre, suivi des chaussures et de la viande. On ordonna à tous les citoyens de s'enregistrer à l'hôtel de ville et de donner leur âge afin de recevoir des tickets de rationnement. Jamais auparavant on avait ainsi porté atteinte à l'intimité des femmes de Perdido, et malgré les appels au patriotisme, aucune n'admit être âgée de plus de cinquante-cinq ans – même si on avait souvent entendu certaines se remémorer la guerre de Sécession.

Ainsi qu'Oscar l'avait prédit, l'économie du pays fut à nouveau sur pied. Son bureau était encombré de commandes de la Défense. Les samedis et dimanches, Frances et Miriam venaient lui prêter main-forte. Si Frances était un poids autant qu'une aide, Miriam avait un sens des affaires presque inné, quoiqu'elle ne soit quasiment jamais allée à la scierie. À bord de l'un des camions de la société – afin de ne pas gaspiller leur ration d'essence personnelle –, Elinor et Queenie sillonnaient la campagne et arrêtaient chaque homme qu'elles croisaient pour lui proposer du travail.

Les nouvelles bases militaires étaient toutes construites en bois. Au camp Rucca, trois mille hommes vivaient dans des tentes. On avait donc un besoin urgent de casernes. Oscar était généralement en mesure de livrer son bois avec un seul jour de retard. Près de Pensacola, la base aérienne d'Eglin avait commencé à s'étendre. Oscar obtint également ce contrat-là. Des milliers de kilomètres de fils électriques furent déployés à travers le pays. L'atelier Caskey fabriquait des poteaux mieux et plus rapidement que n'importe qui d'autre.

Oscar ne savait plus où donner de la tête. Non seulement, il lui fallait traiter une montagne toujours croissante de paperasse, mais aussi apprendre à négocier avec les militaires. Ce qui était très différent de ce qu'il avait connu jusqu'alors et de son expérience avec des civils à la fois moins précis mais plus exigeants. À une époque où tous les patriotes s'étaient engagés, où les pauvres s'étaient enrôlés pour vingt et un dollars par mois en plus du gîte et du couvert, et où ceux qui restaient avaient été appelés, Oscar cherchait de la main-d'œuvre en vue d'un deuxième roulement. Il inspectait les forêts Caskey afin d'y évaluer l'ordre de priorité des coupes, et parce qu'il était le plus compétent dans ce domaine, il dut aussi superviser les opérations de replantation.

La vie à Perdido changea rapidement. La ville avait atteint le plein-emploi, et la scierie cherchait toujours plus de travailleurs. Beaucoup de femmes furent embauchées pour la construction de cargos Liberty-ships sur les chantiers navals de Pensacola et de Mobile. Tous les matins à six heures, deux cars quittaient l'hôtel de ville remplis de citoyennes ravies à la perspective de travailler pour la première fois. Jamais auparavant ce coin tranquille de l'Alabama rural n'avait connu une telle effervescence. Grâce aux contrats de la Défense, l'entreprise générait tant de profits qu'Oscar augmenta le salaire de ses employés deux fois au cours des six premiers mois de guerre. Les ouvriers partagèrent ces nouveaux revenus avec Perdido. Les magasins qui avaient dû fermer à cause de la Dépression rouvrirent et se mirent aussitôt à prospérer.

Même Baptist Bottom profita de cet essor. Quand ils ne s'étaient pas engagés, les hommes noirs étaient employés par la scierie. Les femmes noires prirent en main la gestion des foyers blancs, où mari et femme travaillaient désormais. Dès treize ans, leurs filles étaient investies de responsabilités.

Dès le début, Oscar fit de l'argent. Il n'avait pas prévu que la prospérité viendrait avec la déclaration de la guerre, mais parce qu'elle s'y était préparée, l'entreprise familiale généra d'importants bénéfices.

Sister et James n'avaient plus à quémander d'argent auprès d'Oscar. De plus en plus souvent, ce dernier présentait à son oncle et sa sœur des chèques d'une valeur de centaines de dollars, puis ce furent des milliers qu'ils encaissaient les mains tremblantes, ébahis.

« Oscar, lâcha Sister un soir à table, quand j'étais petite, et même quand je suis partie vivre avec Early, je n'ai jamais rien compris aux affaires de la scierie. Personne ne s'est donné la peine de m'expliquer. Mais… on n'a jamais gagné autant d'argent, non ? Je sais que maman économisait le moindre centime, mais ça n'a jamais été aussi facile et rapide, n'est-ce pas ? Chaque fois que je tourne la tête, tu es là, un chèque à la main.

— Tu as raison, l'argent n'est jamais rentré aussi vite et avec autant de facilité, renchérit James. Et ce n'est pas seulement grâce à la guerre. C'est grâce à ce qu'Oscar a entrepris *avant* la guerre. Dis-moi, Oscar, tu avais prévu ce qui allait arriver ?

— En quelque sorte, répondit-il, mal à l'aise. Disons que je savais que *quelque chose* allait arriver. Celle qu'il faut remercier, c'est Elinor. »

Celle-ci adressa un léger signe de tête à son mari pour son compliment.

« Qu'est-ce qu'elle a fait ? demanda Sister.

— Elle était toujours sur mon dos pour que j'achète plus de terrain, pour que les choses aillent dans le bon sens, quitte à piocher dans la trésorerie pour que ça avance. Ça n'a pas été simple au début… Vous savez ce que maman pensait des personnes qui entament leur capital. Se développer, investir, construire, acheter du nouveau matériel, plus de terres… Elinor n'avait que ces mots à la bouche. »

Sister et James se tournèrent vers elle.

« Ça veut dire que tu étais au courant pour la guerre !

— Pas du tout, répondit-elle sans paraître comprendre la plaisanterie. Je savais seulement que c'était la chose à faire pour Oscar et pour la scierie.

— Nous sommes en train de nous enrichir énormément, en effet, poursuivit-il. Et c'est grâce aux terres que nous possédons. Chaque fois qu'un terrain, même de deux hectares, était mis en vente, Elinor m'incitait à l'acheter. Elle me répétait de ne pas le laisser filer, et donc j'obéissais... pour qu'elle se taise ! Vous voyez les scieries à Atmore et Brewton ? S'ils avaient assez d'arbres, eux aussi auraient autant de contrats que nous. Sauf qu'ils ne les ont pas, et chaque fois qu'ils obtiennent une commande, ils sont obligés d'aller en chercher très loin. Ces dernières années, ils ont dû réduire drastiquement leurs dépenses et même vendre des terres, et voilà qu'ils sont pris de court. Tout le monde me croyait fou de dépenser autant d'argent en terrains.

— Nous aussi, c'est ce qu'on pensait, admit James.

— C'est vrai, acquiesça Sister. Mais grâce à Dieu, toi et Elinor nous avez prouvé le contraire. Il y a eu des fois où j'ai cru que je serais incapable de payer les études de Miriam.

— Bon sang, dans quelques mois, Sister, dit James, on aura même assez d'argent pour racheter l'université... »

Queenie Strickland avait noué une amitié sincère avec Dollie Faye Crawford ; elle ne s'était pas uniquement servie d'elle pour s'assurer un témoignage favorable lors du jugement de son fils. Après que Malcolm se fut engagé dans l'armée, Queenie avait continué à faire ses courses à la supérette, de même que James et Elinor. C'était du jamais-vu : la famille la plus riche de la ville s'approvisionnait dans une bicoque perdue en pleine campagne, mais les Caskey se fichaient de l'avis des gens. La famille cherchait encore à compenser le choc encaissé par Dollie Faye lorsqu'elle avait été attaquée à main armée par Malcolm Strickland et Travis Gann.

En conséquence de cette clientèle inédite et inespérée, Dollie Faye se mit à stocker des marchandises de meilleure qualité. Grâce à un prêt de James, elle fit construire un fumoir à viande à l'arrière et ajouta bientôt un abattoir dont elle confia la charge au fils d'un voisin cultivateur. D'autres résidents de la ville firent le trajet jusqu'au petit magasin de la route de Bay Minette lorsqu'ils apprirent qu'elle vendait le meilleur bacon du comté. Elinor lui prêta mille dollars. Oscar lui fit envoyer quatre charpentiers pour rénover la boutique pendant une semaine.

Dollie Faye savait qu'elle devait aux Caskey son regain de prospérité, aussi s'assura-t-elle qu'ils ne manquent jamais de rien malgré le rationnement. Chaque fois qu'un cochon était sur le point d'être abattu, elle leur passait discrètement un coup de fil, si bien que Queenie, Elinor ou Sister arrivaient devant le magasin aux derniers couinements de l'animal. Grâce au sucre qu'elle leur fournissait en quantités astronomiques, Elinor put continuer à faire ses cakes aux fruits. L'approvisionnement en sucre ne fut de toute façon jamais un problème, car Ivey, Zaddie et Luvadia en prenaient autant qu'elles voulaient à la ferme de leur mère au-delà d'Old Federal Road. Les seuls produits que Dollie Faye avait du mal à trouver étaient les chaussures et les pneus. Pour ces derniers, Oscar se fournissait en général auprès de son nouveau réseau de militaires ; on l'autorisait même parfois, en compagnie d'un ou deux colonels, à accéder directement aux dépôts de l'armée de la base d'Eglin, où il acheta aussi des chaussures.

Lorsque la guerre commença, Early fut engagé comme ingénieur civil au département de la Guerre. On lui versa un salaire important et il fut immédiatement envoyé à Washington. Quand il appela Sister pour lui annoncer la nouvelle, elle se réjouit sincèrement pour lui. Ils vivaient séparés depuis si longtemps qu'elle en était venue à le considérer comme un vieil ami. Apprendre qu'un ami cher avait obtenu un emploi intéressant et bien rémunéré lui fit très plaisir. Elle n'était pas non plus mécontente de mettre encore plus de distance entre eux. Du fait de sa nouvelle fonction, Early recevait des tickets de rationnement supplémentaires, qu'il glissait dans une enveloppe et envoyait à Sister. En ces temps difficiles et tragiques pour beaucoup, les Caskey tiraient plus qu'honorablement leur épingle du jeu.

À vrai dire, la ville entière souffrit moins qu'en d'autres endroits du pays. Perdido sortait à peine de la Dépression, si bien que l'enthousiasme des jeunes mobilisés n'avait pas été mû uniquement par l'appel du devoir. Ne valait-il pas mieux être logé, nourri et payé contre un uniforme dans le Michigan, plutôt qu'un taudis en bois pourri au fin fond de la cambrousse du comté de Baldwin ? La majorité des terres autour de Perdido appartenaient aux Caskey, mais il restait ici et là de petits cultivateurs, des Noirs, des Indiens, des Blancs frappés par la misère – des gens qui refusaient toute initiative du gouvernement pour réguler le moindre aspect de leurs vies. Leurs troupeaux étaient abattus en privé, leurs récoltes rassemblées aux premières heures du jour avant même que les agents fédéraux ne commencent leurs tournées. Lorsque les fermiers répondaient à leurs questions, ils prétextaient que la météo, les insectes ou des bêtes sauvages avaient décimé leurs récoltes. Sales et déguenillés, leurs enfants vendaient fruits et légumes dans des carrioles tirées par une mule qu'ils menaient lentement par les rues résidentielles de Perdido. À l'abri de regards indiscrets, dans une boîte fermée, on trouvait des tranches de bacon, des biftecks enveloppés de papier brun et des poulets au cou tranché.

Les Caskey redoutaient qu'à cause des restrictions en essence qui touchaient les civils, Miriam et Frances soient obligées de s'installer sur le campus du Sacré-Cœur. La famille rassembla donc ses tickets de rationnement afin que les deux étudiantes puissent au moins finir le semestre. Miriam obtiendrait alors son diplôme et la question ne se poserait plus pour elle. Frances, qui retournait à l'université l'automne suivant, devrait se résigner à quitter la maison.

Un matin frisquet de début mars, une demi-heure avant le lever du soleil, Miriam et Frances étaient en route pour leur cours de sept heures trente. Alors qu'elles approchaient de la station-service *Crawford*, Miriam demanda : « Ça n'est pas Dollie Faye à l'entrée de sa boutique avec une lanterne à la main ? »

S'extirpant de son habituelle rêverie, Frances releva la tête pour scruter devant elle.

« Tu as raison. Ralentis. »

Dans l'obscurité, Miriam se gara face à l'entrée, sur le chemin d'argile rouge.

« Bonjour, Madame Crawford, dit Frances. Quelque chose ne va pas ?

—Au contraire, mademoiselle. Je pensais juste que vous seriez peut-être à court d'essence, ce matin.

—On a de quoi faire l'aller-retour à Mobile, répondit Miriam. En plus, je n'ai pas pris de tickets avec moi.

—Laissez-moi quand même faire le plein, proposa Dollie Faye en sortant le tuyau de la pompe. Vous me donnerez les tickets la prochaine fois.

— Bonjour, Monsieur Crawford », dit Frances en saluant Dial d'un signe de main.

Celui-ci se releva avec difficulté de son banc et avança vers elles, un chiffon mouillé à la main pour laver le pare-brise. Mais soudain, il regarda Frances dans les yeux et marmonna une phrase incompréhensible.

« Pardon ? demanda-t-elle.

— Ne faites pas attention à lui, dit Dollie Faye depuis l'arrière de l'auto. Dial, tais-toi ! »

L'homme continua à marmonner et à fixer Frances tout le temps qu'il nettoya le pare-brise. Quelque chose dans son comportement effraya la jeune fille, qui serra son cardigan sur ses épaules.

Lorsqu'elle eut rempli le réservoir, Dollie Faye fit le tour du véhicule et dit :

« Je mettrai ça sur la note de Sister.

— Merci, Madame Crawford, répondit poliment Miriam. Je viendrai déposer les tickets demain.

— Ne vous préoccupez pas de ça. Restez concentrées sur l'école. Je sais comme vous travaillez dur là-bas, et comme votre famille est fière de vous deux. Écoutez, si vous avez besoin d'essence, arrêtez-vous ici le matin, frappez à la vitre, là... » Elle pointa du doigt derrière elle. « ... et je me lèverai pour vous en donner, dit-elle en examinant la route plongée dans l'obscurité, qu'aucune voiture n'avait empruntée depuis l'arrivée de Miriam et Frances. Il n'y a jamais personne qui passe par ici aussi tôt...

— Madame Crawford, répondit Miriam, vous venez de gagner votre place au paradis. »

Le réservoir plein, Frances et Miriam reprirent leur chemin dans le noir jusqu'à Mobile.

Avec l'aide clandestine de Dollie Faye, les deux jeunes filles purent finir l'année universitaire. Miriam arriva deuxième de sa promotion, et tous les Caskey assistèrent à la remise de diplômes. Elle ne cacha pas son soulagement d'en avoir fini une fois pour toutes avec les études. De retour à Perdido, personne n'osa lui demander ce qu'elle allait faire ensuite. Et comme on pouvait s'y attendre, elle ne révéla pas immédiatement ses intentions. Au lieu de ça, le lendemain de la cérémonie, elle se présenta chez ses parents pendant qu'ils prenaient leur petit déjeuner et dit à son père :

« Puisque je ne vais pas à Mobile aujourd'hui, je ferais aussi bien de t'accompagner à la scierie, Oscar.

— Seigneur, tu n'imagines pas combien ton aide serait précieuse. J'ai l'impression de prendre tous les jours plus de retard. »

C'est ainsi que père et fille quittèrent ensemble la maison, revinrent pour le déjeuner et repartirent ensuite à la scierie dès leur deuxième verre de thé glacé bu, avant de revenir s'affaler tous les deux sous le porche à dix-sept heures trente.

« Miriam, on dirait que tu as fait ça toute ta vie, dit Oscar en hochant la tête d'admiration. Je n'ai jamais vu ça. Tu m'as fait gagner une semaine de travail.

— Eh bien, si tu veux, on peut remettre ça demain, fit-elle avec désinvolture. Je n'ai rien d'autre à faire pour l'instant.

— Ça me ferait extrêmement plaisir », se hâta de répondre Oscar. Il n'avait pas osé le lui demander directement.

Après ça, Miriam alla à la scierie tous les jours. Elle travaillait aux mêmes horaires que son père. Oscar fit abattre l'une des cloisons de son bureau pour agrandir l'espace. La jeune fille se vit attribuer une large table de travail et un classeur à tiroirs, et elle embaucha une lycéenne pour taper à la machine à sa place. Un mois plus tard, Oscar vint la voir et lui tendit un chèque.

« Pourquoi est-ce que tu me payes ? demanda-t-elle en regardant le bout de papier. Je le fais parce que ça m'amuse.

— C'est plus fort que moi, Miriam. Je me sens tellement coupable de te faire travailler autant, que je le fais pour soulager ma conscience. »

Les yeux toujours fixés sur le chèque, elle dit :

« Donc, ça veut dire que je travaille réellement pour toi.

— Oui. Je ne crois pas que je pourrais m'en sortir sans toi à présent.

— Non, tu ne le pourrais pas, en effet, confirma-t-elle en lui rendant le chèque. Donc, ce n'est pas un salaire assez élevé. Il me faut plus. »

Oscar secoua la tête, soupira et alla dans le bureau du comptable. Miriam obtint son augmentation.

« Ma chérie, qu'est-ce que tu vas faire de tout cet argent ? lui demanda Sister, un soir, chez Elinor.

— Ce ne sont pas tes affaires », rétorqua Miriam.

Elle seule pouvait faire ce type de réponse sans paraître insolente.

« Tu vas m'en donner un peu pour m'aider à entretenir la maison ? »

La jeune fille éclata de rire.

« Sister, tu es riche comme Crésus maintenant. Est-ce que tu vas me verser un loyer parce que je t'autorise à vivre chez moi ?

— Certainement pas. Tu n'imagines pas le temps et l'énergie que je mets dans cette maison.

— Alors on est quittes. »

Miriam examina tour à tour les membres de sa famille réunis sous le porche, qui à lire, qui à jouer aux dames, qui à se balancer dans la tiède brise du soir.

« J'investis mon argent, poursuivit-elle.

— Dans quoi ? demanda Frances en levant la tête.

— Les diamants. Je me suis procuré un autre coffre-fort, et je vais le remplir... »

La famille en conclut que Miriam resterait toujours la petite-fille de Mary-Love, quand bien même cette dernière était morte depuis longtemps.

BILLY BRONZE

Chaque samedi et dimanche pendant toute la durée de la guerre, Perdido était inondée de soldats en permission venus de la base d'Eglin. Certains d'entre eux souhaitaient assister à la messe quand d'autres cherchaient une fille de la ville à emmener au dancing sur pilotis de Lake Pinchona. Ces soldats étaient accueillis à bras ouverts par les familles du coin, qui les nourrissaient d'énormes plats de poisson le samedi soir et de jambons rôtis ou de travers de porc le dimanche après l'office, avant de leur faire la conversation sous leurs porches. L'entrée au *Ritz* leur était offerte et on leur prêtait des automobiles afin qu'ils puissent se rendre au lac. En retour, les habitants recevaient des tickets de rationnement supplémentaires, des pneus « tombés du camion » et de la nourriture qu'on ne trouvait plus dans les commerces pour civils. Tous se rappelaient comment la ville avait changé sous l'afflux des ouvriers recrutés pour la construction de la digue en 1922 ; la situation n'était pas tellement différente, si ce n'est que ces hommes-là portaient l'uniforme, qu'ils venaient de partout dans le pays et étaient – Dieu soit loué ! – bien plus polis.

À la fin de l'office dominical, les fidèles chantaient les quatre couplets de l'hymne national, dont les paroles avaient été insérées et collées en première page de leur livret de cantiques. C'est au cours de cet interlude patriotique qu'Elinor examinait l'assemblée et choisissait les quatre ou cinq soldats qu'elle inviterait à déjeuner ce jour-là. Elle indiquait ensuite ses choix à Queenie et Sister, et toutes trois se précipitaient sur les hommes pour les inviter avant que n'importe qui d'autre puisse le faire. Zaddie, Ivey et Roxie préparaient à déjeuner et à dîner uniquement pour les soldats. Lorsqu'ils étaient seuls, les Caskey se contentaient du seul repas du midi. Tous les dimanches, la salle à manger d'Elinor grouillait de membres de la famille et d'hôtes en uniforme. Certains des hommes d'Eglin ne vinrent qu'une fois, mais la plupart y retournèrent deux ou trois fois. Ceux que les Caskey appréciaient le plus leur rendaient visite à la moindre occasion. Jamais auparavant la famille ne s'était montrée aussi sociable et volubile. Il y avait toujours un soldat du Corps aérien pour taquiner les domestiques en cuisine, tenir compagnie à Elinor dans la véranda ou attendre sous le porche que Frances et Miriam rentrent de Mobile en fin d'après-midi.

Il arrivait aussi que des soldats noirs soient invités ; on les retrouvait assis paisiblement sous la tonnelle ou dans la cour, à la grande joie de Zaddie et Luvadia.

Parfois, ils étaient si nombreux que la table de la salle à manger était trop petite pour les accueillir tous, et l'on devait alors organiser un buffet dans la véranda. Les hommes contaient fleurette à Sister, plus âgée que la mère de la plupart d'entre eux, et traitaient James et Oscar avec déférence. Ils étaient en admiration devant Elinor et démesurément courtois avec Frances, Miriam et Lucille, comme pour démontrer l'absolue innocence de leurs intentions. Ils essayaient d'emmener Danjo chasser et défiaient Grace à des prouesses sportives toujours plus éreintantes.

Cependant la plupart des soldats ne restaient jamais assez longtemps pour nouer une réelle intimité avec la famille. Après quelque temps, leur entraînement prenait fin et ils étaient envoyés en Europe ou dans le Pacifique Sud. Les Caskey recevaient une ou deux cartes postales, en général censurées, mais bientôt la communication cessait.

La seule constante parmi le flux permanent des invités d'Elinor semblait être un caporal originaire des montagnes de la Caroline du Nord. Il s'appelait Billy Bronze. Il était instructeur dans les transmissions auprès des nouvelles recrues et était stationné de manière permanente à Eglin. Extrêmement séduisant, il avait des cheveux blond foncé, des yeux gris et une mâchoire soulignée par l'ombre bleutée de sa barbe. Il était réservé mais sûr de lui. À vingt-sept ans, Billy Bronze semblait mûr comparé aux autres invités d'Elinor, qui n'avaient pas plus de dix-neuf ou vingt ans. Un jour, il s'était interposé entre un soldat blanc et un soldat noir qui commençaient à se battre dans la cour, et son intervention lui avait valu la reconnaissance des Caskey et surtout d'être à nouveau invité. Il était revenu le lendemain, puis le surlendemain. Un week-end, on lui proposa de dormir dans l'une des chambres d'ami si sa permission et son supérieur hiérarchique le lui permettaient. Le samedi suivant, il était de retour. Elinor en vint à confier au caporal Bronze la tâche de surveiller les soldats, chasser les fauteurs de troubles et inviter les hommes solitaires d'Eglin qui sauraient se montrer à la hauteur de l'hospitalité des Caskey.

Billy était franc et amical, néanmoins, en présence de Frances, il se montrait timide. Malgré ça et la réserve naturelle de Frances, les deux jeunes gens appréciaient de passer du temps ensemble. Les occasions ne manquaient pas de se retrouver. Billy venait à Perdido au moins deux soirs par semaine, parfois plus souvent. Lorsqu'il était là le week-end, il dormait dans la chambre d'ami. Cependant, dans une maison qui fourmillait de domestiques, d'hôtes et de famille, Billy et Frances avaient rarement l'occasion de rester seuls.

Un samedi soir, alors qu'ils étaient couchés après que leur maison eut enfin regagné son calme, Oscar dit à sa femme :

« Le caporal Bronze semble beaucoup s'intéresser à notre petite fille.

— J'ai remarqué.

— Qu'en penses-tu ?

— Je pense que Billy est un jeune homme tout à fait convenable.

— Assez pour Frances ?

— Personne ne l'est, mais il faudra bien qu'elle se marie un jour, et Billy est plus poli que beaucoup de ceux qui passent par ici. C'est une chose de les inviter à déjeuner, ça en est une autre de voir l'un d'eux épouser notre fille.

— Tu crois qu'on devrait en parler à Frances ? »

Elinor fit non de la tête.

« Un jour ou l'autre, Frances aura des décisions à prendre. Elle n'a que vingt ans. Peut-être qu'il vaut mieux lui laisser du temps.

— De quelles décisions parles-tu ? Se marier, par exemple ?

— Non, pas ça… murmura-t-elle vaguement. Oscar, j'ai sommeil. Mes journées sont si longues avec tous ces garçons à la maison… »

Les Caskey étaient témoins de l'amour naissant entre Frances et Billy Bronze, mais ils étaient plus curieux de la réaction d'Elinor que des progrès de cette romance. Ils gardaient tous en tête la façon dont Mary-Love, morte depuis cinq ans maintenant, avait découragé toute relation autre que familiale ; s'il n'avait tenu qu'à elle, elle les aurait tous gardés célibataires et dépendants. Puisque Elinor avait pris la place de Mary-Love, il leur paraissait logique qu'elle ait les mêmes réactions que sa belle-mère. Ils se trompaient. Elinor ne fit aucune objection à cette idylle. Au contraire, elle encourageait Billy à venir les voir. « Frances se plaît tellement en ta compagnie, disait-elle. Comme tout le monde ici. »

Tard le samedi soir, après que tous les soldats étaient retournés à Eglin, Elinor emmenait Oscar se coucher et laissait Billy et Frances discuter en tête à tête dans la véranda.

Au cours de l'une de ces soirées où ils avaient été habilement laissés seuls, Billy et Frances étaient assis côte à côte à se balancer doucement et à s'éventer. La chaude brise nocturne soufflait à travers les hautes branches des chênes d'eau ; sur les flancs de la digue, le kudzu bruissait. Attirés par la lumière tamisée, des papillons de nuit s'accrochaient par dizaines à la moustiquaire. Frances parlait du Sacré-Cœur et Billy, d'Eglin. Cette nuit-là, il l'embrassa.

La nuit suivante, il l'embrassa deux fois.

« Où est ta famille ? demanda Frances.

— Je n'ai que mon père, répondit le jeune caporal. Il est vieux et aigri. Mais il a de l'argent, rit-il.

— Ta mère est morte ?

— Il l'a tuée.

— Tuée ?!

— Il lui a mal parlé pendant vingt-cinq ans, jusqu'à l'épuiser complètement. À l'enterrement, il a commencé à faire la même chose avec moi – parce qu'elle n'était plus là –, donc je me suis engagé. Il m'a dit de ne pas le faire, parce qu'il avait besoin de quelqu'un avec qui discuter. J'ai répondu qu'il pouvait s'adresser à ses murs ou à son lit. Et je suis parti.

— Tu n'aurais pas dû lui parler de cette manière, dit Frances d'un ton de reproche.

— Il a tué ma mère, répondit simplement Billy. Soit c'était l'armée, soit je finissais par lui fracasser le crâne à coups de planche. S'il avait continué à mal me parler, c'est ce que j'aurais fini par faire.

— Je suis navrée que vous ne vous entendiez pas.

— Moi aussi. C'est pour ça que j'aime venir ici.

— Pourquoi ?

— Parce que vous êtes une famille heureuse. »

Frances eut un petit rire.

Danjo avait dix-sept ans et venait d'entrer au lycée quand la guerre fut déclarée. James priait chaque nuit pour qu'il ne s'enrôle pas le jour de ses dix-huit ans, influencé par les soldats de passage chez Elinor. James serait aussi désespéré sans Danjo que Queenie l'était sans Malcolm – qui ne se donnait même jamais la peine d'écrire à sa mère.

« Tu ne songes pas à me quitter, pas vrai, mon chéri ? », demanda James.

Ils prenaient leur petit déjeuner un matin avant le départ de Danjo pour l'école. Grace était partie une demi-heure plus tôt à Lake Pinchona pour une baignade matinale.

« Bien sûr que non, répondit le jeune garçon. Mais je serai peut-être obligé de le faire, s'ils ne signent pas très bientôt l'armistice.

— J'ai bien peur que ça ne soit pas pour tout de suite.

— J'ai parlé à Billy…

— Il ne faut pas que tu parles à ces garçons, Danjo, pas même à Billy Bronze ! Ils vont t'inciter à t'engager. Déjà qu'ils essaient sans cesse de te mettre une arme entre les mains… Est-ce que Queenie et moi on ne t'a pas suffisamment mis en garde contre les armes à feu ? Tu te rappelles ce que ton père a fait et comment il est mort. Tu te rappelles ce que ton frère a fait à cette pauvre Dollie Faye Crawford.

Penses-y la prochaine fois que quelqu'un te tend une arme.

—Je déteste les armes à feu ! s'écria furieusement Danjo.

—Ça, c'est mon garçon, dit James en lui pressant la main sur la nappe.

—Quoi qu'il en soit, je parlais à Billy... reprit Danjo, hésitant.

—Et ?

—James, tu as conscience que je vais devoir m'engager l'année prochaine. Je vais devoir le faire, c'est tout.

—Tu vas me tuer, si tu fais ça ! Mais tu as sans doute raison. Ce pays a été si bon avec nous, je suppose qu'il est temps de lui rendre la pareille. Mais je ne veux pas que tu manies un fusil à moins que ça ne soit pour abattre Hitler lui-même.

—Je te le promets. Laisse-moi terminer, tu veux bien ? Billy a dit que si je m'enrôlais maintenant...

—Non !

—Si je m'enrôlais maintenant, répéta-t-il délibérément, je pourrais peut-être être affecté où je veux. En fait, Billy m'a dit que je pourrais m'engager auprès du Corps aérien, et qu'il essaierait de faire en sorte que je sois basé à Eglin. Je pourrais intégrer l'unité radio, et Billy s'occuperait de moi aussi longtemps que possible. Voilà ce que je cherche à te dire depuis tout à l'heure, James, sauf que tu n'arrêtes pas de m'interrompre !

— Billy pense réellement que tu pourrais être basé à Eglin ?

— Il a dit qu'il ferait son possible. »

James hocha lentement la tête.

« La prochaine fois que je le vois, je lui en toucherai un mot. Peut-être que si tu arrivais à intégrer Eglin, ça ne me tuerait pas autant de te voir partir.

— Grace sera là pour te tenir compagnie, fit remarquer Danjo.

— Grace ne pourra pas compenser la perte de mon petit garçon. Qu'est-ce que je vais devenir sans toi ? Je suis tellement vieux – un vieux canasson grisonnant –, et il n'y a plus d'enfant dans les parages que je puisse voler et éduquer comme le mien.

— Peut-être que Grace se mariera et qu'elle en aura. À ce moment-là, tu pourras lui piquer un des siens, suggéra Danjo avec entrain.

— Grace est déjà une célibataire endurcie, soupira James. Elle ne se mariera pas. Ça me convient parfaitement, du moment qu'elle est heureuse de rester ici avec moi, mais ce n'est pas elle qui me donnera des petits-enfants.

— Alors tu veux que je me marie ?

— Certainement pas ! Et puis tu es trop jeune pour penser au mariage. Je ne t'ai même pas dit…

— Dit quoi ? »

Embarrassé, James haussa les épaules.

« Comment naissent les bébés.

— Je le sais, rit Danjo. James, j'ai dix-sept ans, évidemment que je suis au courant !

— Qui t'a parlé de ça ?

— Grace.

— J'aurais dû m'en douter, dit-il en secouant doucement la tête.

— Elle en parle à toutes les filles, et un jour elle me l'a dit à moi aussi. Elle a ces images, James si tu voyais ça…

— S'il te plaît, Danjo, ne me parle pas de ça alors que je prends mon petit déjeuner ! Je ne veux plus en entendre parler. Si tu es déjà au courant, inutile de mentionner le sujet à nouveau.

— Oui, m'sieur », dit le jeune garçon en riant.

Sur les conseils de Billy, et avec l'accord réticent de James, Danjo rejoignit le Corps aérien en septembre 1942, quoiqu'il n'eût été officiellement engagé qu'au mois de juin suivant, lorsqu'il aurait atteint la majorité et obtenu son diplôme. Certes, il y avait les incertitudes de la guerre, mais Billy leur assura qu'après un entraînement de trois mois, Danjo serait envoyé à la base d'Eglin. Loin d'être rassuré, James se morfondait en pensant qu'il ne lui restait que neuf misérables mois pour profiter de Danjo.

« Tous les matins, se plaignit-il à Grace un après-midi, je me réveille et je me dis que c'est un jour de moins à passer avec Danjo. »

Sa fille avait un point de vue objectif et pratique en toutes circonstances.

« Dis-toi plutôt qu'il te reste encore plus de la moitié d'une année avec lui. Tu devrais profiter de ce temps-là, papa. Ne gâche pas tout en ne pensant qu'à son départ. Et rappelle-toi qu'il sera de retour à Eglin avant même que tu t'en sois rendu compte. Dans deux ans, il sera revenu à la vie civile, il rentrera ici et tout sera comme avant.

— Imagine qu'il se fasse tuer. Qu'un obus lui arrache les jambes. Ou bien que je meure, protesta James. Les choses ne sont jamais *comme avant.* »

Grace donna un coup de magazine sur l'accoudoir du siège de son père.

« Papa, tu es l'homme le plus idiot que j'aie jamais rencontré. Je me demande ce que je vais bien pouvoir faire de toi jusqu'à ce que la guerre soit finie ! »

Les Caskey étaient extrêmement reconnaissants à Billy Bronze de ses efforts pour éviter que Danjo et James soient séparés. Non seulement, ils appréciaient le jeune homme, mais ils avaient désormais une dette envers lui. Elinor ne se donnait même plus la peine de l'inviter, car il était toujours le bienvenu. On le considérait à ce point comme un membre de la famille qu'en sa présence on ne se gênait plus pour évoquer des affaires privées. Devant lui, on abordait aussi bien les vieilles inimitiés que les nouvelles finances de la scierie, des sujets dont personne n'était au courant à Perdido. Il fut tout autant le témoin de courtes mais violentes disputes que de gestes d'affection discrets. Il devint un Caskey à part entière – un fils, un frère, un oncle, un cousin.

Le caporal était également l'un des préférés de son chef de corps. Tant qu'il n'abusait pas de ce privilège, il était autorisé à passer la nuit chez les Caskey certains soirs de la semaine et un week-end sur deux. Oscar lui prêta une de leurs autos, arguant qu'avec le rationnement en essence personne n'en avait l'utilité dans la famille. Billy Bronze se mit à aller et venir encore plus fréquemment : la chambre d'ami était toujours prête pour lui. Parce qu'elle faisait tacitement confiance à Billy et Frances, Elinor ne prenait même pas la peine de verrouiller le passage entre leurs deux chambres.

Un soir d'automne 1942, quelques heures après que Billy fut retourné à Eglin, Frances demanda à sa mère de s'entretenir en privé avec elle.

« Un entretien *très* privé, maman », insista-t-elle.

Elinor conduisit sa fille au bout du couloir, sur la petite terrasse de devant où personne n'allait jamais, celle dont la porte était en partie faite de vitraux colorés. Mère et fille prirent place sur deux fauteuils attenants. Il faisait sombre. Dans le verger de l'autre côté de la route, les grillons chantaient.

Elinor se balançait.

« Je crois savoir de quoi tu veux me parler, dit-elle.

— Ah oui ?

— Tu veux qu'on discute des maris et des femmes. »

Dans la pénombre, Frances rougit.

« Non, ce n'est pas ça.

— De quoi, alors ? demanda sa mère en stoppant son mouvement.

— De Dial Crawford. »

Elinor éclata de rire.

« Dial Crawford ?! Pourquoi diable veux-tu me parler de lui ? Pauvre Dollie Faye. Elle m'a raconté que ça faisait près de vingt ans qu'il avait perdu la tête. Il ne peut pas plus l'aider qu'un enfant de trois ans.

— Il lave les pare-brise.

—Et pas grand-chose d'autre. Eh bien, ma chérie, qu'est-ce que tu veux savoir sur lui ?

— Je... commença Frances avec hésitation, je m'arrête chez Dollie Faye pour prendre de l'essence environ deux fois par semaine en allant à l'université, et Monsieur Crawford lave mon pare-brise à chaque fois. Il me dit toujours un mot, mais sa voix est tellement bizarre que j'ai toujours eu du mal à entendre. Pendant longtemps, je ne comprenais rien à ce qu'il racontait, mais depuis un mois ou deux, c'est comme si je m'étais habituée à sa façon de parler, et j'arrive enfin à le suivre. Donc, on échange toujours quelques mots. Parfois, même quand je ne m'arrête pas pour prendre de l'essence, je le vois assis devant la boutique, il se lève et me fait signe. Et moi, je lui réponds. J'imagine qu'il reconnaît la voiture et qu'il sait à quelle heure je passe.

— Et alors ? Il ne doit pas avoir beaucoup d'occupations, c'est tout.

— Maman, je passe là à cinq heures du matin !

— Les gens de la campagne se lèvent tôt. Bref. Continue, Frances.

— Hier matin, mon réservoir était quasi plein, donc je ne comptais pas m'arrêter. Mais Monsieur Crawford était sur le bord de la route et m'a fait signe de me garer. Je lui ai demandé si tout allait bien. Et là, maman, il m'a regardée et il a dit : "L'eau noire".

— L'eau noire ? répéta Elinor avec la même intonation.

— Il a dit : "L'eau noire. C'est de là que tu viens. L'eau noire, c'est là que tu retourneras." »

Frances examina sa mère dans l'obscurité, mais elle ne put déchiffrer son expression. Elinor avait cessé de se balancer.

« Qu'est-ce que Dial t'a dit d'autre, ma chérie ?

— Il a ajouté autre chose...

— Quoi ? demanda-t-elle avec une pointe d'impatience.

— Il a dit que tu avais rampé hors de la rivière et que tu devais y retourner, et le laisser tranquille. »

Elinor éclata de rire.

« J'ignorais que j'embêtais ce pauvre homme. Il vaudrait peut-être mieux que je m'abstienne d'aller à la boutique et que je laisse Queenie faire les courses pour moi à partir de maintenant.

— Maman, qu'est-ce que ça veut dire que tu as rampé hors de la rivière ?

— Frances, Dial n'est pas très bien dans sa tête. Lui-même ne sait pas ce qu'il raconte. Et Dollie Faye ferait mieux de lui apprendre à se taire. »

Frances ne répondit pas.

« Ma chérie, poursuivit sa mère, est-ce que tu crois vraiment que je suis sortie de cette rivière en rampant ?

— Non, non, répondit-elle précipitamment. Bien sûr que non. C'est juste que parfois…

— Parfois quoi ?

— Parfois, j'ai l'impression que toi et moi, on est différentes… Différentes des autres.

— Différentes comment ?

— Je ne sais pas, maman. Parfois j'ai juste l'impression que je ne suis pas complètement là. Pas de la manière dont Miriam est là. Pas comme papa, Sister, Queenie, comme tout le monde est là. J'ai l'impression qu'une partie de moi est ailleurs.

— Où ça, ma chérie ?

— Je ne sais pas. Je n'en suis pas certaine, dit-elle

avant de marquer une pause. Si, je sais *où*. La rivière. La Perdido. Juste comme Monsieur Crawford l'a dit, l'eau noire qui s'écoule derrière la digue. Et, maman, ajouta-t-elle d'une voix très douce, quand je suis là-bas… tu y es, toi aussi. »

Elinor garda le silence pendant quelques minutes. Puis elle demanda :

« Et ça te dérange ?

— Pas jusqu'à hier, quand Monsieur Crawford, d'une certaine façon, a mis le doigt dessus. Quand il a dit ça, j'ai pris conscience de ce que je ressentais depuis toutes ces années.

— Si tu ressens ça depuis des années, quelle différence ça fait maintenant ? »

Frances ne répondit pas.

Elinor prit la main de sa fille et la serra fort.

« Je sais, chuchota-t-elle en levant la main de Frances à ses lèvres avant de l'embrasser. C'est à cause de Billy, n'est-ce pas ma chérie ?

— Oui, fit-elle d'une voix timide. Je voulais savoir si *ça* ferait une différence. Si un jour je voulais me marier, par exemple. Le problème, c'est que j'ignore ce que c'est. »

Elinor ne répondit pas tout de suite. Au bout d'un instant, elle dit à sa fille :

« Frances, je vais répondre à ta question et je vais te dire la vérité. Mais promets-moi que tu ne me demanderas rien de plus, d'accord ?

— Promis.

— Alors, la vérité c'est qu'un jour dans ta vie, ça *fera* effectivement une différence. Pour le moment, non. Donc, fais ce que tu as à faire, et surtout, ce que tu *veux* faire. Un jour, Frances, je serai la femme la plus fière de la ville, parce que je verrai ma fille épouser un homme qui la rendra heureuse. Et un jour ma fille me donnera des petits-enfants.

— Tu crois vraiment ?

— Je ne le crois pas, je le sais. »

Elinor se mit à rire, la main de Frances toujours serrée dans la sienne.

« Et tu sais ce que je ferai ? Je volerai un de ces enfants, exactement comme Mary-Love m'a pris Miriam. Toute la famille pourra s'affoler et s'écrier que je suis aussi mauvaise qu'elle l'a été, je m'en ficherai parce que j'aurai ma petite fille…

— Comment tu sais que ça sera une fille ? »

Une nouvelle fois, Elinor garda le silence. Elle paraissait seulement heureuse à la perspective de ce qu'elle venait d'évoquer. Enfin, elle rassura Frances.

« Ne pense plus aux paroles de Dial Crawford, d'accord ? Ça ne fera aucune différence avant très, très longtemps.

— Mais un jour, oui ?

— Pas de question, j'ai dit ! Mais un jour… oui. Ma chérie, je te promets que quand ce moment viendra, je serai là et je te dirai ce qu'il faut que tu saches. Tu me crois, j'espère ?

— Oui, maman.

— Frances, tu me fais confiance ?

— Oui, maman.

— Tu es ma petite fille. Pas Miriam. Même si je ne l'avais pas donnée à Mary-Love et que je vous avais gardées toutes les deux avec moi, tu serais quand même ma petite fille d'une manière dont Miriam ne peut pas l'être. »

Obéissante, Frances écoutait sa mère en silence, sans poser de questions.

La voix d'Elinor se fit distante.

« J'avais une sœur. Je suis sûre que tu ne le savais pas...

— Non, maman. Tu ne m'en as jamais parlé », répondit la jeune fille avec prudence. Espérant que ce n'était pas une question interdite, elle demanda : « Elle est encore vivante ? Comment elle s'appelle ?

— Ma mère avait deux filles. Ma sœur était exactement comme ma mère, et moi, je ne leur ressemblais pas du tout. Ma mère m'a dit : “Elinor, toi qui es si différente, pars faire ta vie, fais-en ce que tu veux. Moi, j'ai...” – elle marqua une pause, comme si le nom de sa sœur lui avait échappé – “... j'ai Nerita, et Nerita est comme moi.” Donc, ma mère s'est débarrassée de moi, de la même façon dont je me suis débarrassée de Miriam. Parce que maman et Nerita se ressemblaient comme toi et moi on se ressemble. Tu comprends ce que je dis ?

— Je crois.

— Tu vois, poursuivit-elle, dès que Miriam est née, j'ai su qu'elle n'était pas du tout comme moi. C'était un bébé Caskey, et c'est pour ça que je l'ai confiée à Mary-Love et Sister… parce que de toute façon, elle leur appartenait. Mais quand tu es née, j'ai su tout de suite que tu étais *mon* enfant. Voilà pourquoi je ne t'abandonnerai jamais. Je serai toujours là pour toi.

— Oh, maman ! s'écria Frances. Si tu savais comme je t'aime !

— Moi aussi, ma précieuse petite chérie ! »

Frances sauta de son siège et se jeta aux pieds de sa mère. Elle s'accrocha à ses jambes et les serra fort contre elle. Elinor se pencha en avant et embrassa la tête de sa fille.

« Ma chérie, murmura-t-elle, les vieux fous comme Dial en savent parfois plus que les gens prétendument sains d'esprit. Et parfois même, il leur arrive de dire la vérité. »

LA DEMANDE EN MARIAGE

Tandis que Danjo se préparait à partir pour le camp militaire de Blanding, sur la côte Atlantique de Floride, James refusait de le lâcher des yeux ne serait-ce qu'un instant et lui tournait constamment autour. La sollicitude inquiète du vieil homme aurait agacé la plupart des garçons de son âge, mais Danjo la supporta stoïquement. Les derniers jours avant son départ, alors qu'il aurait dû être en ville pour sa tournée d'adieux, James l'obligea à rester à ses côtés et à l'écouter soupirer et se lamenter. « J'espère vraiment être encore en vie quand tu reviendras, Danjo. J'espère que quelqu'un sera là pour ouvrir les lettres que tu vas m'écrire. »

Enfin, le jour tant redouté du départ arriva. James avait insisté pour que Bray fasse en voiture les six cent cinquante kilomètres jusqu'au camp Blanding avec le jeune garçon et lui, simplement pour pouvoir l'embrasser une dernière fois au portail, mais Danjo fixa enfin une limite à James.

« James, je vais prendre le car comme tout le monde. Si tu veux faire quelque chose pour moi, demande à Elinor de me préparer des gâteaux que j'emporterai et qui me rappelleront Perdido. »

La boîte de cookies et de cakes aux fruits qu'Elinor lui confectionna – sous la supervision attentive de James – pesait presque aussi lourd que son barda.

L'après-midi de son départ, James et sa fille étaient installés devant la maison.

« Papa, demanda Grace, pourquoi on reste assis ici à pleurnicher ? Pourquoi on n'irait pas chez Elinor, là où il y a du monde ?

— Vas-y, toi. Aujourd'hui, je veux qu'on me laisse me morfondre en paix.

— Je ne sais pas si je fais bien de te le dire, mais je trouve ton attitude très blessante à mon égard.

— Comment ça, ma chérie ?

— Tu agis comme si en partant Danjo te laissait tout seul. Mais c'est faux, je suis là, moi. Est-ce que je ne t'ai pas juré mes grands dieux que je n'allais jamais me marier ou te quitter ?

— C'est vrai.

— Alors pourquoi tu te comportes comme si tu étais seul au monde ? »

Il faisait très chaud, et James était en bras de chemise. Il avait pris soin d'installer son siège à l'ombre, de sorte que personne en passant devant le porche ne puisse le voir dans une tenue aussi négligée. Il se rafraîchissait à l'aide d'un éventail. Grace était assise à ses côtés en plein soleil, les bras tournés vers l'extérieur pour unifier son bronzage. De l'autre côté de la rue, dans le verger, les vaches étaient allongées sous les pacaniers, leurs queues chassant les mouches.

« Je peux te poser une question, ma puce ? demanda James. Tu te rappelles combien tu aimais les filles qui venaient te rendre visite ici l'été ?

— Bien sûr que je m'en souviens.

— Mais tu te rappelles aussi que, quand tu es partie à Spartanburg, tu en as aimé une en particulier ?

— Oui, sauf qu'elle s'est tirée pour épouser je ne sais qui et que je ne veux plus jamais entendre quiconque prononcer son nom !

— Non, non, je ne ferais jamais ça, répondit calmement James. Quoi qu'il en soit, voilà ce que je ressens pour Danjo, ma chérie. Voilà comment j'aime ce garçon. Toi aussi je t'aime, évidemment, je t'ai toujours aimée, mais Danjo a été spécial, parce que c'est la seule personne qui n'ait appartenu qu'à moi.

— Et moi alors ?

— Toi, tu étais aussi à Genevieve. Ta mère aurait pu t'emmener avec elle si elle l'avait voulu. Personne n'allait m'enlever Danjo, surtout après la mort de Carl. Est-ce que tu m'en veux de ressentir ça ? »

Grace rit. Ses paupières étaient closes face au soleil.

« Bien sûr que non, papa ! Je cherchais juste à t'asticoter, c'est tout. Je sais que tu aimes Danjo, et je ne suis pas jalouse. Il n'y a pas de garçon plus doux sur terre, voilà tout ce qu'on peut dire sur lui ! J'espère simplement que tu n'essaieras pas de me chasser d'ici.

— Chasser ma petite fille ? Jamais de la vie ! »

Contrairement aux craintes de James, Danjo fut assigné à la base aérienne d'Eglin dès la fin de sa préparation militaire. James avait entendu nombre d'histoires sur des familles qui avaient laissé partir leur fils en pensant qu'il ferait son service derrière le guichet d'information du cimetière national d'Arlington, mais découvrait ensuite que le département de la Guerre avait jugé bon de l'envoyer alimenter en charbon la chaudière d'un destroyer dans le Pacifique ouest. Mais, dans le cas de Danjo, tout se déroula comme prévu. Après ses classes, il fut envoyé à Eglin et put rendre visite à son oncle deux à trois fois par semaine.

Tout le mérite de l'assignation de Danjo revint à Billy Bronze. Quoiqu'il eût demandé à son chef de corps de faire son possible pour le jeune garçon, il n'avait aucun moyen de s'assurer que sa requête ait bien été entendue. Danjo fut formé au poste d'ingénieur radio et se retrouva ainsi sous la responsabilité de Billy. Lorsque celui-ci quittait Eglin pour Perdido, il s'arrangeait souvent pour emmener Danjo avec lui ; aussi son arrivée chez les Caskey était-elle à présent doublement attendue. Ces remerciements en cascade ne dérangeaient pas Billy, au contraire. Il comptait demander Frances en mariage. Que la famille estime lui être redevable ne pouvait que servir sa cause.

Billy Bronze était un homme beau et intelligent dont le seul désir dans la vie était d'avoir une vie confortable et qu'on prenne soin de lui. Son père était riche, mais le vieil homme n'avait jamais eu une nature aimante, et Billy s'était senti délaissé dans son enfance. À huit ans, il avait été expédié dans une école militaire. Contrairement à la plupart de ses jeunes camarades, il s'était interdit la moindre nostalgie et n'avait jamais attendu avec impatience que viennent les vacances.

À présent, des années plus tard, il remerciait le ciel d'avoir croisé la route des Caskey. Les hommes de la base d'Eglin le taquinaient parfois de courtiser une héritière. Étant lui-même l'héritier d'une fortune importante, il ne s'insurgeait jamais contre une telle accusation. Il était fasciné par les Caskey, en particulier les femmes. Billy n'avait que peu d'expérience avec la gent féminine. Sa mère avait été une créature faible et craintive. Il ne l'avait vue quitter sa chambre aux volets constamment clos qu'une seule fois: le jour où on l'en avait sortie dans un cercueil. Son père ne s'était entouré que de domestiques hommes excepté en cuisine – où Billy n'avait jamais été autorisé à entrer. À l'école militaire, il avait rencontré une femme, l'épouse d'un commandant, et une fille, la fille de ce même commandant. Billy était un homme parmi trois cents, il n'avait donc eu que peu d'occasions de nouer une intimité avec elles.

Non seulement les femmes Caskey étaient en supériorité numérique, mais en plus elles dirigeaient le clan. Billy n'avait jamais rien vu de tel. C'est précisément ce qui le fascinait. Il adorait leur compagnie et avait rapidement appris à tous les aimer. Il goûtait avec la même joie les commérages détaillés de Queenie, les remarques acerbes de Miriam, la timidité de Frances, les taquineries viriles de Grace, la fausse pudeur de Lucille et les déclarations autoritaires d'Elinor. Même les domestiques paraissaient affectées du même pouvoir irrésistible que leurs maîtresses. Zaddie, Ivey, Roxie et Luvadia faisaient et disaient ce que bon leur chantait. Par contraste, Oscar semblait presque exploité, et sans doute aurait-il paru totalement impuissant s'il n'avait pas dirigé, du moins en apparence, la scierie. James avait depuis longtemps renoncé à ses droits, jusqu'à devenir lui-même une sorte de femme. Danjo était certes un garçon fort et viril, mais il avait été élevé dans la croyance que le vrai pouvoir et le vrai prestige reposaient sur les femmes, et non les hommes. Avant d'arriver à Eglin, Billy n'aurait jamais cru qu'une telle famille puisse exister. À présent, il ne voulait plus la quitter.

Il se demandait parfois ce qu'il aurait fait s'il n'y avait eu aucune fille à marier parmi eux; par quel subterfuge serait-il resté à Perdido, dans le cercle des Caskey ? Heureusement, une telle perspective existait – du moins, en théorie –, il y avait même trois candidates potentielles: Frances, Miriam et Lucille. Lucille était exclue d'emblée; malgré son manque d'expérience, Billy savait qu'il valait mieux ne rien avoir à faire avec ce genre de femme. Restaient donc Miriam et Frances, si différentes l'une de l'autre en dépit de leur lien de parenté. Il avait choisi Frances, non parce qu'il pensait qu'elle ferait une meilleure épouse, mais parce qu'il l'estimait plus à même d'accepter une demande en mariage. Son principal objectif était d'intégrer le clan. Le moyen par lequel il parviendrait à ses fins était secondaire.

Aussi Billy se mit-il à la courtiser comme il faisait toute chose: à sa manière franche et simple. Dès le départ, il lui avait fait comprendre qu'il lui demanderait tôt ou tard sa main; jamais aucune autre méthode ne lui vint à l'esprit. Et, quoique ses intentions soient dénuées de tout romantisme, il comprit durant sa cour qu'il aimait Frances pour de bon. Il aurait été incapable de dire quel attribut en particulier, physique, émotionnel ou mental, le fit tomber amoureux d'elle. Cela arriva, c'est tout. Il connaissait même le moment précis. Ce fut par une fin d'après-midi du printemps 1943. Frances et lui se promenaient dans le jardin, parmi les bourgeons naissants et les massifs d'azalées, et elle lui racontait les trois années qu'elle avait passées alitée à cause de l'arthrite. Soudain, la jeune fille lui apparut sous un jour nouveau, comme si le soleil avait éclairé son visage et sa silhouette d'une lumière différente. Interrompant son récit, il dit :

« Frances, tu sais quoi ?

— Quoi ?

— Je suis amoureux de toi.

— Ah oui ? rit-elle, le visage empourpré. Eh bien, tu sais quoi ? Moi aussi, je suis amoureuse de toi, et maintenant toi, moi et toute la ville, on est au courant.

— Toute la ville ? »

Frances hocha la tête.

« Tous les matins, Queenie vient me voir et me demande quand est-ce que tu vas te décider à me faire ta demande, dit-elle en s'interrompant pour rire à nouveau. Seigneur ! Je suppose que je ne devrais pas dire ça, non ? On croirait que je te demande de me demander… »

Ils étaient à présent à l'arrière de la maison, entre les troncs élancés des chênes d'eau. Ils s'assirent sur la planche de bois qui faisait office de banc, entre deux arbres.

« Tu veux que je te demande ? fit Billy.

— Eh bien, oui, évidemment. Mais pas si tu n'en as pas envie. Enfin... » Elle marqua une pause et essaya de prendre un air sérieux et fâché. « Vraiment, je ne devrais pas dire ça. Sister me tuerait. Maman aussi, probablement. Parce que si tu ne veux pas m'épouser, alors ça doit être très gênant pour toi, non ? Et puis de toute façon, la fille n'est pas censée parler de ça avant le garçon. Mais le problème, c'est que j'y pense tout le temps, et j'imagine toujours que ça va arriver, mais en fait, il ne faudrait pas que je me fasse des idées, n'est-ce pas ? Ce que je veux dire, c'est que si tu as envie de partir et de retourner à Eglin en faisant comme si je n'avais jamais rien...

— Frances, veux-tu m'épouser, oui ou non ?

— Bien sûr que oui ! », s'exclama-t-elle avec un petit rire. Elle se tut un instant, contemplant le jardin. Puis elle ajouta : « C'est tout ? Il n'y a rien de plus à faire ? »

De toute évidence, faire des manières n'était pas dans le caractère de Frances.

« Pour le moment.

— Mais après ? demanda-t-elle.

— Déjà, il faut qu'on décide quand on va annoncer la nouvelle à ta famille.

— Ma famille est déjà au courant. Je te l'ai dit,

ils cherchent tout le temps à savoir si tu as fait ta demande.

— Alors il faut décider quand.

— Quand quoi ?

— Quand le mariage aura lieu. J'imagine que ta mère voudra quand même organiser un petit quelque chose pour la cérémonie. Tu vas avoir ton diplôme en mai, peut-être qu'il faudrait attendre que ça soit passé. Ou peut-être la fin de la guerre. C'est possible que je doive quitter Eglin à n'importe quel moment.

— Comme tu veux. Je suis contente, ça me suffit de savoir que tout est arrangé, comme ça je n'aurai plus à y penser et plus personne ne m'embêtera avec ça.

— Il reste le plus important…

— Quoi ?

— Qu'est-ce qu'on va faire une fois qu'on sera mariés ? »

Frances le regarda sans comprendre.

« Où est-ce qu'on va vivre, poursuivit Billy. Qu'est-ce que…

— Oh, l'interrompit Frances comme si elle n'avait jamais réfléchi à la question. Je ne crois pas que maman voudra que je m'en aille. Elle voudra que *toi*, tu emménages avec nous. Maman et papa voudront que tout reste comme avant, sauf que toi et moi, on dormira dans la même chambre. »

Une pensée lui traversa soudain l'esprit.

« Billy, promets-moi une chose, ajouta-t-elle en le regardant droit dans les yeux, la voix tremblante.

— Quoi ?

— Quand on sera mariés, tu viendras dormir dans ma chambre. Promets-moi que tu ne me feras pas dormir dans la chambre d'ami. »

Il sourit.

« Toi aussi tu fais des cauchemars dans cette chambre ? »

Elle hocha la tête. Puis son expression changea et elle dit :

« Attends, où est-ce que *toi*, tu veux habiter une fois qu'on sera mariés ? Je veux dire, si tu m'y forçais, je m'en irais…

— Non, je ne vais pas te forcer à faire quoi que ce soit. D'ailleurs, j'ai envie de vivre ici, avec ta mère et ton père. Tu sais bien que je ne t'épouse que pour devenir un Caskey, poursuivit-il en l'embrassant.

— Je sais bien, oui, heureusement que tu n'as pas choisi Miriam… »

Assis sur le banc, ils contemplaient la digue. Subitement, alors que depuis de nombreuses semaines aucun d'eux n'avait de problème à discuter l'un avec l'autre, ils se retrouvaient muets.

« Allons là-haut, proposa soudain Frances en tendant son doigt.

— Sur la digue ?

— Oui. Tu n'es jamais monté au sommet ? »

Billy lui fit signe que non.

« Je ne savais même pas qu'on pouvait y accéder.

— Il y a un petit escalier derrière la maison de James. La vigne l'a presque recouvert, mais il est bien là », dit-elle en lui prenant la main pour le conduire au pied des marches.

Bien que dissimulées par la végétation, ils n'eurent pas de mal à les trouver.

« Attention, le prévint-elle, papa dit qu'il y a des serpents par ici, même si je n'en ai jamais vu. »

Sinuant à travers le kudzu comme ils auraient gravi un escalier inconnu dans l'obscurité, ils arrivèrent en haut de la digue. Depuis vingt ans que les murs d'argile avaient été érigés, les flancs avaient eu le temps d'être entièrement recouverts par la plante grimpante, jusqu'à étouffer toute autre forme de végétation. Au sommet, pourtant, des jeunes chênes et des pins avaient pris racine. On y trouvait également de la verveine sauvage, des pinceaux indiens, des pétunias et du phlox vivace que le vent avait dû transporter depuis l'un des jardins de Perdido. Après deux décennies, la digue était devenue presque invisible aux yeux des habitants, même à ceux qui vivaient dans son ombre. Les enfants, n'y voyant plus l'attrait de la nouveauté, ne venaient plus y jouer et n'étaient même plus mis en garde contre ses dangers. Les rivières elles-mêmes, qui s'écoulaient au-delà, avaient perdu leur caractère familier aux yeux des citoyens de la ville. Qui pensait encore à la Perdido et à la Blackwater ? On ne les apercevait que lorsqu'on traversait le pont sous l'*Osceola*, et encore, les nouvelles rampes en béton obstruaient la majeure partie de la vue.

Au sommet, Billy Bronze fut surpris par l'aspect de la rivière.

« Mais elle est sauvage ! », s'exclama-t-il.

Rouges et boueuses, les eaux tumultueuses de la Perdido paraissaient bouillonner. Le courant était vif, impérieux, inexorable.

« Ça a l'air dangereux. Pas étonnant qu'ils aient construit ces digues. »

Frances pouffa.

« J'adore cette rivière. Marchons vers la confluence », dit-elle en lui prenant la main pour le guider sur le chemin. À leur droite, s'étendaient les maisons qui avaient jadis appartenu aux DeBordenave et aux Turk. L'une était fermée et ses fenêtres condamnées par des planches en bois, l'autre était désormais occupée par le directeur des pompes funèbres. « Tu sais, reprit Frances, maman aime cette rivière encore plus que moi. Elle vient même y nager tous les jours, de mars à novembre.

— Là-dedans ?!

— Elle l'a toujours fait, dit Frances en hochant la tête. C'est la meilleure nageuse que je connaisse. Moi aussi, je ne suis pas mauvaise. Quelquefois, ajouta-t-elle avec fierté, je vais nager avec elle.

— Mais ça paraît si fort ! Comment tu y arrives ? »

Elle haussa les épaules.

« Je ne sais pas, je le fais, c'est tout. Quand j'étais malade, dit-elle en faisant un effort pour se rappeler, maman me baignait tous les jours dans de l'eau de la Perdido. C'est grâce à ça que j'ai fini par guérir.

— Comment ça aurait pu te guérir ?

— Je ne sais pas. Maman dit que j'ai été baptisée dans ces eaux, c'est pour ça que ça m'a soignée. »

Ils avaient atteint la confluence. Derrière eux se trouvait l'hôtel de ville. Le bus en provenance du chantier naval de Pensacola était en train de laisser descendre les ouvrières dans le parc de stationnement ; quelques maris attendaient dans leur voiture. Face au couple tout juste fiancé, l'eau rouge de la Perdido et l'eau noire de la Blackwater s'unissaient en un vortex tourbillonnant plongeant directement dans la boue du fond.

« Quand tu viens nager ici, tu n'as pas peur de *ça* ? », demanda Billy en regardant en contrebas.

Frances ne dit rien. Elle contemplait le tourbillon, comme si elle cherchait encore une fois à se rappeler quelque chose.

« Et si tu te faisais aspirer ? Tu te noierais, c'est sûr.

— Non… répondit-elle distraitement. Pas vraiment.

— Comment ça ?

— J'essaie de me souvenir…

— Te souvenir de quoi ?

— Je suis déjà descendue au fond, dit-elle enfin en regardant son fiancé, l'air indécise. Je crois que je me souviens d'être allée au fond. »

Billy fixait le vortex.

« Je crois que tu t'en rappellerais.

— Non... dit-elle en secouant la tête. C'est très flou.

— Dans ce cas, qu'est-ce qu'il y a au fond ? demanda-t-il sur le ton de la plaisanterie.

— Maman...

— Quoi ?

— Au fond, il y a maman.

— Frances, est-ce que ça va ? Tu as l'air... »

Elle se secoua et ferma les yeux. Lorsqu'elle les rouvrit, elle dit :

« Billy, je suis désolée, tu disais quelque chose ?

— Rien. On devrait rentrer, tu ne crois pas ? »

Ils rebroussèrent chemin sans plus évoquer le souvenir de Frances et descendirent avec précaution les marches envahies de vignes. À leur arrivée en bas, Billy déclara : « Écoute, Frances, c'est impossible que tu sois vraiment allée au fond de ce tourbillon. C'est impossible. Tu te serais noyée, c'est sûr. »

Frances annonça immédiatement à sa famille la nouvelle de leurs fiançailles. Elinor embrassa sa fille, puis le fiancé.

« Billy, dit-elle, j'espère qu'aucun de vous deux ne souhaite aller nulle part après le mariage. J'espère que toi et Frances allez rester ici avec nous, comme vous l'avez toujours fait. Qu'est-ce qu'Oscar et moi allons devenir sans notre petite fille ? Qu'est-ce que nous allons devenir sans *toi*, d'ailleurs ?

— Elinor, intervint son mari, tu sais à qui tu ressembles ? On croirait entendre maman quand toi et moi on a voulu se marier. Elle refusait de nous laisser partir… et tu n'es pas sans savoir les problèmes que ça a créés.

— Oscar ! Je ne ressemble en rien à ta mère ! Je n'apprécie pas que tu dises ça.

— Rassurez-vous, Madame Caskey, dit Billy, on ne va nulle part. Une des raisons pour lesquelles j'épouse Frances, c'est que je veux rester ici, à vos côtés. »

À cette remarque, Elinor fit un signe d'assentiment, et Oscar eut l'air satisfait.

Ils s'assirent dans la véranda à discuter jusqu'au dîner des projets des futurs époux. Aux Caskey qui arrivaient un par un, on annonça la nouvelle, accueillie chaque fois avec le même enthousiasme, à quelques légères nuances près.

Sister félicita chaleureusement sa nièce, tout en la mettant étrangement en garde contre le mariage.

« Tu es sûre que tu sais dans quoi tu t'embarques ? Je parie que non. Je parie que tu découvriras dans six mois que tu as fait une grossière erreur. »

Tout le monde – Frances et Billy aussi – comprit qu'elle parlait de son propre mariage, si bien que personne ne s'offusqua de ses remarques.

« Et ton père, Billy ? demanda Queenie, qui trouvait toujours la question à laquelle personne n'avait songé.

— Mais oui, dit Elinor, tu penses qu'il viendra au mariage ?

— Non, Madame, fit Billy en secouant la tête. Je doute qu'il fasse le déplacement.

— Il ne sera pas d'accord pour que tu épouses notre petite sirène des mers du Nord ? demanda joyeusement Oscar.

— Papa, ne m'appelle pas comme ça. Je te rappelle que j'ai vingt et un ans. Je ne suis plus une enfant à qui on lit des contes pour s'endormir.

— Mon père n'est d'accord avec rien de ce que je fais, dit Billy.

— Quelle tristesse, compatit Sister, se rappelant certains aspects similaires de son enfance.

— Est-ce que ça va être un frein ? demanda Elinor. Il pourrait te déshériter.

— Il pourrait, mais je pense qu'il ne le fera pas. Et même si c'était le cas, ça ne me fera pas changer d'avis. »

Frances regarda fièrement sa famille rassemblée dans la véranda, comme pour dire : *Regardez ce que cet homme ferait pour moi…*

« Tu veux que je l'appelle pour lui parler ? proposa Elinor. Ça ne me dérange pas de lui expliquer la situation. »

Billy secoua la tête.

« Il vaut mieux que je m'en charge. Il ne va pas apprécier… et il n'y a aucune raison pour que vous ayez à écouter ce qu'il aura à dire.

— Je me demande pourquoi certains ne meurent pas plus vite ? remarqua Queenie. Ça en rendrait d'autres beaucoup plus heureux !

— Queenie ! s'indigna James. Il s'agit du père de Billy !

— Aucun problème Monsieur James, répondit Billy. Madame Strickland ne dit rien que je n'aie pas déjà dit au moins dix fois.

— Je n'ai jamais compris comment les enfants arrivent à se remettre de leurs parents », soupira Sister.

Miriam, qui lors de cet échange était restée assise sur la balancelle à lire la gazette de Mobile dans la lumière du crépuscule, plia le journal, le laissa tomber par terre et dit :

« Quand aura lieu le mariage ? Si je suis censée y assister, on ferait mieux de me prévenir dès maintenant, comme ça Sister pourra commencer à réfléchir à la robe et aux chaussures qu'elle devra m'acheter.

— Miriam ! s'exclama sa tante. Tu n'es pas censée dire à quelqu'un que tu vas assister à son mariage, mais attendre qu'on t'invite !

— Miriam, tu voudrais bien être ma demoiselle d'honneur ? demanda timidement Frances tout en cherchant du regard l'approbation de sa mère, qui acquiesça.

— Si c'est vraiment ce que tu veux, répondit Miriam. Mais si c'est par politesse, Frances, dis-le et demande à quelqu'un d'autre. Je ne serai pas blessée.

— Non, c'est toi que je veux. Tu es ma sœur.

— Très bien. C'est donc réglé, dit Miriam. Sister, tu voudras bien voir si tu peux me trouver une robe et le reste ?

— Bien sûr, ma chérie, mais ce n'est pas aussi simple que ça. D'abord, il faut qu'on sache ce que la mariée va porter. Ces choses-là demandent du temps. »

Miriam paraissait prendre la nouvelle du mariage de sa sœur avec flegme, sinon indifférence.

« Quand est-ce que ça aura lieu ? ajouta-t-elle.

— On ne sait pas encore, répondit Billy. Pas avant que Frances obtienne son diplôme au Sacré-Cœur. Il se peut même qu'on attende la fin de la guerre.

— Qui sait quand ça arrivera, fit James avec un reniflement dédaigneux. Probablement quand ils nous auront pris tous nos garçons.

— Probablement, dit Billy.

— Si j'étais vous, je n'attendrais pas la fin de la guerre, intervint Elinor. James a raison. Qui sait combien de temps ça va encore durer ? »

Zaddie apparut sur le seuil et annonça le dîner. Il y eut un remous général tandis que chacun s'extrayait qui d'un siège à bascule, qui de la balancelle, qui d'un fauteuil.

« Mariez-vous cet été, suggéra Queenie en marchant vers la porte.

— Pas en août, dit Sister, qui suivait juste derrière. On va tous cuire dans l'église sinon. Tu sais ce qui arrive aux fleurs ce mois-là lors des cérémonies ? La seule chose pire que de se marier en août, c'est de mourir en août. Maman est morte au mois d'août, on a bien failli devoir la plonger dans de la glace. »

Tous descendirent l'escalier pour aller dans la salle à manger. Frances s'attarda à l'arrière, jusqu'à ce que Miriam et elle soient seules dans la véranda.

« Est-ce que tu es heureuse pour moi ? demanda Frances d'un ton mal assuré.

— Bien sûr, lâcha sa sœur. Même si je ne comprends absolument pas pourquoi Billy voudrait rester dans cette maison avec Elinor.

— Billy adore maman !

— Dans ce cas, c'est un idiot », fit-elle avec un hochement de tête catégorique. Elle observa sa sœur, qui parut soudain démoralisée. « Mais s'il t'aime, poursuivit Miriam d'une voix radoucie, peu importe que ce soit ou non un idiot. »

Frances releva la tête et sourit.

« Ça va être froid si on ne descend pas maintenant », dit Miriam en se dirigeant vers la porte.

Tandis que les deux sœurs empruntaient l'escalier, Miriam se tourna et dit par-dessus son épaule : « Je ne sais pas pourquoi vous n'avez pas fait ce que tout le monde fait dans cette famille : vous enfuir et vous marier en cachette. Tu as intérêt à me dire tout de suite quel cadeau de mariage tu veux, parce que je te préviens, j'ai tellement de travail à la scierie que je n'aurai pas une minute pour faire des achats. »

LAKE PINCHONA

Au cours de la guerre, les Caskey veillèrent plus que jamais sur Queenie. Elle avait quitté son emploi et ne voulait rien de plus qu'être aux côtés de James. Ce dernier lui donnait de l'argent tandis que Sister et Elinor la fournissaient en tickets de rationnement. Elle ne cuisinait jamais, étant tout comme sa fille Lucille, toujours la bienvenue à la table des Caskey. Queenie demeurait certes un parent pauvre, mais elle se rendait utile comme le font généralement les parents pauvres : elle donnait de sa personne, faisait de menues courses pour les uns et les autres, servait d'oreille compatissante et parfois même de souffre-douleur. Depuis la mort de son époux Carl, elle était devenue une femme lucide qui ne se plaignait pas de sa condition. Elle ne s'offusquait pas des largesses dont on la comblait et fermait les yeux sur les petites offenses que les Caskey leur faisaient parfois inconsciemment subir, à elle ou à ses enfants.

Queenie aurait pu en demander plus, s'il n'y avait eu le problème de sa progéniture. Danjo appartenait entièrement à James. Personne ne se serait interposé si elle avait clamé ses droits en tant que mère du garçon, sauf que Carl avait échangé son fils dans les règles contre une voiture neuve. Cela s'était passé presque quinze ans auparavant, et Queenie possédait toujours cette auto, désormais laissée à l'abandon dans l'allée qui menait chez elle. Comme elle avait souvent à faire dans la maison de James, elle voyait son fils très régulièrement, mais il n'y avait pas plus d'amour filial entre eux qu'entre Elinor et Miriam. Danjo la considérait comme une tante éloignée. Ça attristait parfois Queenie, non parce que Danjo lui manquait ou qu'elle regrettait le marché, mais parce que, des trois enfants qu'elle avait mis au monde, c'était celui qui avait le mieux tourné. Souvent, elle se prenait à souhaiter que Malcolm ou Lucille aient été l'objet de la transaction entre James et Carl à la place de son petit dernier.

Elle avait peu de nouvelles de son aîné. Malcolm avait fait ses classes au camp Blanding, avait été stationné à Fort Dix dans le New Jersey, puis il s'était réengagé et avait été transféré quelque part au Texas. Il avait obtenu deux promotions et aimait la vie militaire. Ceux qui avaient connu Malcolm n'hésitaient pas à dire à Queenie : « La discipline fera sans doute beaucoup de bien à ce garçon. C'est exactement ce dont il avait besoin. » De telles remarques la blessaient. Elle craignait de ne pas avoir été taillée pour être mère. Elle n'avait aucune idée de l'endroit où son fils passait ses permissions et se demandait si elle le reverrait un jour. Avec tous les combats qui faisaient rage en Europe et dans le Pacifique, il était évident qu'il allait être expédié au front. Il écrivait peu, et Queenie lisait chacune de ses courtes lettres avec le plus grand soin, sans jamais se départir de l'idée que c'était peut-être la dernière qu'elle recevait de lui.

Lucille n'était pas faite d'un meilleur bois. Derrière le comptoir des confiseries du *Ben Franklin*, elle flirtait avec tous les soldats qui entraient. Elle avait également trouvé un travail le soir, comme serveuse à Lake Pinchona. Malgré ses réticences, Queenie n'avait pu refuser à sa fille l'opportunité de gagner un peu plus.

Lucille gardait dans le tiroir supérieur de sa commode une pile de photos de soldats du Corps aérien retenue par une cordelette jaune. Sa mère l'avait trouvée alors qu'elle cherchait un bouton. Les week-ends, Lucille passait ses journées et ses soirées au lac, où l'on dénombrait au moins trois militaires pour chaque fille du coin. Queenie ne se risqua à protester qu'une seule fois.

« Ma chérie, les soldats qui traînent là-bas ne sont pas les gamins de Perdido qui viennent d'Eglin.

— Qu'est-ce que tu veux insinuer, maman ? répondit Lucille de sa voix plaintive et irritée.

— Juste que ces garçons n'ont pas grandi avec toi. Ils ne savent pas combien les filles d'ici sont douces et innocentes, et l'un d'eux pourrait essayer d'aller trop loin. »

Lucille scruta sa mère d'un œil suspicieux.

« Personne ne va aller trop loin avec moi, maman. Je ne comprends même pas comment tu peux me dire ça à moi. Je suis gênée rien que de l'entendre ! »

Queenie n'ajouta rien. Dans son cœur, elle était malheureusement persuadée que sa fille avait *bel et bien* déjà été trop loin avec l'un des hommes d'Eglin.

Lake Pinchona se trouvait à une dizaine de kilomètres de Perdido. Le lac de vingt hectares avait une forme irrégulière et comportait de nombreuses et minces langues de terre boisée qui pénétraient dans l'eau, ainsi que d'étroits bras d'eau isolés qui venaient lécher la forêt de pins, de cèdres et de cyprès environnante. Sur la rive ouest, s'étendait un pâturage avec un troupeau de vaches Holstein. L'herbe qu'elles paissaient était la plus fournie et la plus verte que quiconque ait jamais vue à Perdido. La couleur de cette herbe, celles de l'eau du lac et du ciel qui surmontait ce panorama semblaient venir de la palette d'un peintre – des couleurs mystérieuses et impossiblement riches. Le lac était bleu vif et ses berges regorgeaient de nénuphars. Des téméraires que les alligators n'effrayaient pas y emmenaient leurs petites amies crispées faire des tours en canot. De toute façon, les alligators étaient si bien nourris par les enfants qui leur jetaient du pain depuis les fenêtres du dancing, que ceux qui se risquaient à faire quelques brasses couraient peu de danger.

Jouxtant une aire de pique-nique nichée sous un bosquet d'immenses cèdres, le dancing était une vaste salle rectangulaire bâtie entièrement sur pilotis à laquelle on accédait depuis la terre ferme grâce à une passerelle. S'il y avait bien une cuisine et une petite salle de restaurant protégée par une moustiquaire d'un côté, la majeure partie de l'espace était consacrée aux danseurs. Le parquet était en bois sombre, le plafond voûté et toujours mal éclairé, et un banc courait le long des trois autres côtés de la salle, sous une ligne ininterrompue de fenêtres. L'endroit semblait constamment plongé dans la pénombre, pas seulement à cause du bois mais par contraste avec la lumière vive qui se déversait des fenêtres et de la porte d'entrée. À l'extérieur, à l'autre bout de l'aire de pique-nique, se trouvaient un snack, deux petits bassins et une grande piscine.

Le lac connut une immense popularité pendant la guerre. Il était assez proche d'Eglin pour qu'on puisse facilement retourner au camp tard dans la nuit. Il attirait les filles de Perdido, Bay Minette, Brewton, Atmore, Fairhope, Vaughn, Daphne et même Mobile. Le dancing ouvrait ses portes à dix-sept heures et les fermait à minuit. Le week-end, des groupes venaient y jouer et l'entrée coûtait un dollar. Les lieux étaient tenus par un couple entre deux âges tellement occupé à préparer des hamburgers et des hot dogs en cuisine qu'ils n'avaient pas le temps de surveiller les allées et venues. Dans les villes voisines, certaines âmes parmi les plus puritaines se mirent à chuchoter à propos de ce qu'il se passait à Lake Pinchona, quand d'autres, plus progressistes, lançaient que ce dancing était quand même un lieu plus approprié aux jeunes filles des comtés de Baldwin et d'Escambia que la banquette arrière d'une voiture.

Lucille servait les tables – souvent un peu n'importe comment – dans la partie du dancing dédiée au restaurant, de dix-huit à vingt et une heures chaque soir. C'était la seule serveuse et les soldats lui laissaient parfois jusqu'à quatre ou cinq dollars de pourboire. À la fin de son service, elle se précipitait dans les vestiaires sombres de la piscine, fermée à cette heure, pour troquer son uniforme blanc contre une robe plus seyante. Sa journée n'était tendue que vers cet unique instant : sa deuxième entrée sur la piste de danse, sans son horrible filet à cheveux, sa robe informe et son tablier de serveuse. Ses cheveux étaient brossés, son visage lavé, et sa robe fraîchement repassée sentait encore le soleil sous lequel elle avait séché le matin même. Les soldats se pressaient autour d'elle avec des : « T'es sûre que t'es bien celle qui a fait tomber mes frites et m'a renversé mon café tout à l'heure ? » À quoi Lucille riant gaiement répondait : « Ah non, ça c'était ma jumelle ! »

Elle dansait avec quiconque l'invitait. Puis avec celui qu'elle avait préféré, elle s'asseyait, enjôleuse, sur l'un des bancs autour de la salle. L'heureux élu et elle se tournaient vers la fenêtre pour contempler la lune, les étoiles et le lac aux eaux scintillantes avec sa ronde de nénuphars blanchâtres sur leurs grosses feuilles noires. À cette heure-ci, le dancing était bruyant et inondé de lumière mais Lucille et son soldat, se sentant plus proches des ténèbres extérieures, se tournaient alors l'un vers l'autre, se regardaient dans les yeux et souriaient. C'est à ce stade qu'elle demandait toujours de sa voix faussement effarouchée : « Comment tu t'appelles ? »

Les mois se succédaient à Lake Pinchona, et jamais elle ne paraissait se lasser de son rituel nocturne. Sa mère ignorait comment elle tenait : toute la journée debout derrière l'un des comptoirs du *Ben Franklin*, puis faire le service en début de soirée, et enfin danser jusqu'à vingt-trois heures, minuit. Mais Lucille ne ressentait aucune fatigue :

« C'est mon effort de guerre à moi. »

Un hiver anormalement doux fut suivi d'un printemps étonnamment chaud, et le lac ouvrit ses portes plusieurs semaines avant la date habituelle. Les foules s'y pressaient plus que l'année précédente, les cuisines fonctionnaient plus longtemps, de dix-huit à vingt-deux heures. Lucille était encore la seule serveuse, mais elle ne faisait tomber ni ne renversait plus rien. Elle travaillait en pilote automatique. Ses mouvements et son sourire étaient distants, absents de ses pensées qui étaient dirigées vers le moment magique où, transformée, elle ferait son entrée sur la piste. Elle rejouait dans son esprit les compliments reçus jusque-là, et espérait que cette nuit, l'un des soldats lui dirait quelque chose qu'elle n'avait encore jamais entendu. Elle examinait la foule, se demandant qui serait son partenaire du soir. Elle ne décidait jamais à l'avance et laissait le choix au destin. Lucille s'était persuadée que le public de Lake Pinchona changeait chaque nuit, qu'il était différent de celui de la veille ou de la semaine précédente. Elle s'accrochait désespérément à cette pensée, quand bien même elle reconnaissait de nombreux visages déjà vus. Cette naïve fiction, elle y croyait dur comme fer, car elle aimait imaginer que sa réapparition chaque soir provoquait un émerveillement sans précédent parmi les militaires témoins de sa métamorphose.

Elinor s'entretint un jour en privé avec Billy Bronze. « Queenie s'inquiète pour sa fille, et entre toi et moi, Billy, à raison. Si ça ne te dérange pas, j'aimerais que tu emmènes Frances – et Miriam si elle le souhaite – au lac de temps en temps, simplement pour garder un œil sur Lucille. Elle n'en fera qu'à sa tête de toute façon, j'en ai conscience. Mais Queenie se sentirait plus rassurée si des personnes de confiance veillaient sur elle. »

Billy et Frances, parfois accompagnés de Miriam, se mirent ainsi à passer la soirée à Lake Pinchona. Ils saluaient Lucille de loin en entrant dans le dancing, lui commandaient des sodas, souriaient quand elle effectuait sa fameuse seconde apparition et lui rappelaient que Queenie n'aimait pas la voir rentrer après minuit.

Un samedi soir, peu après leurs fiançailles, Frances et Billy se trouvaient à Lake Pinchona, où ils étaient venus danser après avoir dîné en compagnie d'Elinor et Oscar. Ils se promenèrent main dans la main sous les cèdres, puis contemplèrent depuis les bords du lac les eaux noires sous les larges nénuphars. Partout alentour, les cigales chantaient en chœur, comme si chaque arbre et buisson avait été doté d'une voix.

À vingt-deux heures, ils se dirigèrent vers le dancing. La cuisine se préparait à fermer, ainsi les tintements de la vaisselle et le brouhaha des dîneurs ne dérangeraient pas les danseurs dans les heures plus intimes de la soirée.

Ils entrèrent dans le restaurant au moment où Lucille invitait le dernier client récalcitrant à sortir puis fermait derrière lui. La soirée avait été longue, et la jeune fille paraissait exténuée et distraite.

« J'ai mal partout, confia-t-elle à Frances.

— Tu devrais peut-être rentrer directement à la maison dans ce cas », suggéra celle-ci.

Lucille la fixa avec incrédulité.

« On est samedi soir ! », s'écria-t-elle, comme si ça expliquait quoi que ce soit.

Frances et Billy s'éloignèrent pour aller discuter avec deux jeunes hommes d'Eglin qu'ils connaissaient. Aussi à l'aise dans le restaurant vide qu'un poisson dans l'eau, Lucille nettoya les dernières tables, dressa tout pour le lendemain soir, compta ses pourboires et, alors qu'elle ôtait son tablier, fit un clin d'œil au Noir qui faisait la plonge. Elle fit un petit numéro en sortant par la cuisine, adressant des au revoir sonores à la femme du patron, qui nettoyait la gazinière, et au patron lui-même, qui encaissait les entrées. Puis elle disparut dans la nuit, ses talons claquant brièvement contre le bois de la passerelle.

Tout le monde savait qu'elle serait de retour dans le quart d'heure. Si Lucille n'avait pas été aussi jolie, son petit cirque quotidien aurait paru ridicule. Le groupe jouait, mais peu de couples dansaient. Les hommes guettaient son arrivée. Les filles se chuchotaient entre elles que la seule raison pour laquelle elle travaillait alors qu'elle venait d'une famille aussi riche, c'était pour pouvoir s'acheter ces petites robes moulantes qu'elle enfilait soir après soir.

Cette nuit-là néanmoins, la foule guetta en vain, car Lucille ne revint pas.

Après une demi-heure d'attente, Frances commença à s'inquiéter. Elle alla voir le patron et lui demanda :

« Où est Lucille ? Normalement, elle ne s'en va pas aussi longtemps.

— Elle se change dans les vestiaires de la piscine, se contenta-t-il de répondre. Je lui donne une clé, parce qu'à cette heure, c'est fermé.

— Elle est peut-être rentrée chez elle, suggéra la femme du propriétaire en sortant de la cuisine tout en s'essuyant les mains sur son tablier sale.

— Jamais de la vie, dit le patron. J'en mettrais ma main à couper. »

Frances fit signe à Billy de rester dans la salle et se dirigea vers la sortie. Le claquement de ses pas sur la passerelle au-dessus du lac résonna dans la nuit. La lune brillait, mais son éclat ne traversait pas la dense canopée des branches de cèdres. Frances poussa la porte des vestiaires et appela Lucille. Seul lui parvint un souffle rauque et aigu.

Elle tendit le bras au-dessus de sa tête et tira sur la chaînette de la lampe à abat-jour métallique qui pendait du plafond. Dans la lumière crue, elle vit Lucille recroquevillée en boule sur le sol rugueux et humide. Sa robe, déchirée, était remontée au-dessus de sa poitrine. Sa culotte était baissée aux chevilles. Elle avait du sang sur le bas-ventre et entre les cuisses.

Lucille ouvrit péniblement les yeux.

« Frances... murmura-t-elle tandis que celle-ci la rhabillait comme elle pouvait.

— Oh mon Dieu, oh mon Dieu. Viens, on rentre à la maison.

— Travis... fit Lucille en tentant de se redresser. C'était Travis Gann.

— Je croyais qu'il était en prison ! »

Lucille secoua la tête. Le mouvement lui fit perdre son fragile équilibre et sa tête retomba lourdement sur le sol dans un choc sourd.

« Reste allongée. Je vais chercher Billy. »

La respiration haletante, Lucille ne répondit pas.

Frances se leva et se cogna le front contre l'abat-jour de la lampe, qui en oscillant jeta des ombres violentes et des éclairs blafards dans les vestiaires. Elle recula vers la porte mais se cogna à nouveau le crâne, cette fois contre le haut du chambranle.

Quand Frances sortit des bains avec l'intention d'aller chercher Billy sur la piste de danse, tout lui paraissait différent. D'abord, il lui semblait que ce n'était plus la nuit. À l'aller, dans l'épaisse obscurité à l'ombre des cèdres, elle avait dû chercher son chemin à tâtons, les bras tendus devant elle. Maintenant, en faisant le trajet inverse, elle y voyait comme en plein jour, lorsque le soleil de midi dardait ses rayons aveuglants à la surface du lac.

Elle avait voulu courir prévenir Billy, mais ses jambes ne répondaient plus de la même façon : elles l'empêchaient de s'élancer. Elle chaloupait et tanguait tandis que sa tête dodelinait vers l'avant.

Sa vision aussi semblait altérée : tout était flou, perçu d'une hauteur différente. Le sol paraissait plus lointain.

En même temps qu'elle percevait ces variations, son esprit lui-même changeait. Les pensées qui le traversaient n'appartenaient plus à Frances Caskey.

Son ouïe était acérée. À sa droite, sur une petite langue de terre spongieuse parmi un bosquet de cyprès, elle perçut des bruits de pas sur la terre meuble. Sans en avoir conscience, la chose qui n'était plus Frances Caskey se tourna dans cette direction.

Au même instant, la chose perçut un autre bruit, beaucoup plus fort celui-là, des pas qui résonnaient sur la passerelle menant au dancing. Elle – quoiqu'elle ne soit plus Frances, la chose demeurait *femelle* – se glissa dans le noir, évitant de justesse Billy qui se dirigeait vers les vestiaires.

Dissimulée par les ténèbres, elle se fondit parmi les arbres, sa progression marquée par une série de clappements mouillés contre les troncs de cyprès et de cèdres. Vinrent d'autres pas, puis un juron dont la signification ne dit rien à son cerveau altéré, mais qui lui indiqua la direction à suivre.

Elle le repéra bien avant qu'il ne la voie. Sa silhouette, vague et floue, était cependant brillamment éclairée, comme si elle l'avait observé les paupières plissées sur une plage en plein soleil.

Campé au bord du lac, Travis Gann venait de se retourner au son étrange d'un choc humide. Dans le noir, sous les arbres, il distingua des yeux pâles et inhumains braqués sur lui, une face luisante et large, une énorme bouche sans lèvres et une grande, une puissante silhouette sur laquelle pendaient les lambeaux détrempés d'une robe. Lorsqu'elle s'approcha, ses immenses pieds palmés claquèrent sur le sol. Travis recula contre un arbre, s'y pressant comme s'il voulait renverser le tronc. L'arbre ne se renversa pas, et Travis le contourna par la droite. Il perdit l'équilibre sur le sol vaseux et glissa au milieu des nénuphars à la limite de l'eau. Un gros papillon de nuit vola contre son visage, ses ailes blanches et poudreuses battant avec frénésie. La vase du lac était molle, et lorsqu'il essaya de se relever, son pied s'y enfonça. Alors qu'il tentait de se dépêtrer, arrachant au passage les nénuphars, il se rendit compte qu'il était prisonnier de l'entrelacs de leurs racines courant sous la surface. Il releva la tête. La chose qui lui était apparue quelques instants plus tôt parmi les arbres se tenait à présent au-dessus de lui, baignée de l'éclat de la lune. Il ne la vit qu'un bref instant de pure terreur avant qu'elle ne glisse dans l'eau jusqu'à lui.

Sous la surface, la vision de la chose devint plus nette. Tout redevint aussi clair qu'avant. Les nénuphars formaient une forêt mouvante de troncs fins, et parmi eux, elle vit l'homme qui se débattait, un pied coincé dans la boue. Se jetant sur lui, elle l'attrapa d'un bras et dans le même mouvement sans effort, elle se projeta jusqu'au centre du lac.

La tête de Travis resta au-dessus de l'eau tandis que, libéré des racines, on le tirait subitement en arrière au beau milieu des remous noirs de Lake Pinchona. Dans un sursaut de frayeur, il se rappela les alligators. Puis, l'espace d'un instant, il sourit. Pourquoi avoir peur des alligators alors que cette *chose* l'avait attrapé ? Le sourire s'évanouit, et Travis Gann regarda le ciel. Loin au-dessus de lui, les étoiles défilaient. Il entendait les flots vrombir à ses oreilles tandis que sa bouche s'emplissait d'eau.

Une fois parvenue au centre du lac, la créature qui était Frances Caskey passa son autre bras autour du corps de Travis. Le tenant fermement contre elle, elle plongea jusqu'au fond boueux. Elle l'étreignait comme un parent aurait étreint un enfant déjà grand. Elle contemplait son visage comme un parent l'aurait fait.

Ils étaient si profond à présent que Travis ne voyait rien à l'exception de la pâle luminescence des yeux qui le fixaient. Il avait beau se débattre et lutter, impossible de se libérer. Le peu d'air qui restait dans ses poumons fut expulsé en un cri muet. Il parvint à dégager un bras et projeta son poing contre le visage large et plat. Sa main rencontra le vide. Son esprit hébété enregistra de la surprise, et dans une dernière pensée consciente, il élucida le mystère : « Ça a ouvert la bouche, et mon poing est rentré droit dedans. » Alors, la bouche se referma sèchement sur le poignet de Travis Gann et son bras tout entier fut arraché de l'épaule.

Travis n'eut plus conscience de rien après ça.

Frances dévora ses bras. Au cours de ce festin, Travis mourut. Lorsque sa faim fut rassasiée, Frances porta le cadavre jusqu'au nid d'alligators, sur la berge qui jouxtait le pâturage. Attirés par l'odeur du sang, les bêtes étaient là pour l'accueillir.

Frances sortit de l'eau, tenant devant elle le corps démembré. Le sang se déversait des articulations évidées. Sa propre bouche ensanglantée s'ouvrit et émit une série de brèves notes aiguës. L'eau tout autour d'elle fut agitée par les battements de sa queue et de celles des alligators. Quelque part, dans un coin sombre de l'esprit de la créature, Frances Caskey sursauta en reconnaissant le chant étrange qu'elle entendait en rêve.

Tandis que Frances Caskey chantait, Travis Gann tomba dans le nid d'alligators sur les berges de Lake Pinchona.

MÈRE ET FILLE

Lorsque Billy entra dans les vestiaires, il trouva Lucille dans la position où Frances l'avait laissée quelques minutes plus tôt. Il souleva la jeune fille, la prit dans ses bras et emprunta à la hâte le chemin bordé de cyprès, se cachant à un moment derrière un arbre pour laisser passer un groupe de soldats. Il se faufila dans le parking, étendit Lucille sur la banquette arrière et la couvrit avec une couverture trouvée dans le coffre. De retour au dancing, affectant l'air le plus désinvolte possible, il rassura le patron et sa femme et leur dit que tout allait bien. Lucille était simplement en proie à des maux de ventre, il la raccompagnait chez elle. Il se tenait devant la porte du dancing, les planches de la passerelle grinçant sous son poids tandis qu'il se balançait d'avant en arrière, confus et nerveux. La lumière jaune qui filtrait en halos discrets du bâtiment ne dissipait pas les ténèbres. La lune était à présent masquée de nuages.

Billy imaginait très bien que Frances, terrorisée, se soit enfuie en découvrant l'état de Lucille. Il retourna à la voiture, espérant y trouver sa fiancée. Elle n'y était pas. Lucille gémissait doucement. Il entra dans le véhicule, ne sachant pas ce qu'il devait faire. La jeune fille avait besoin d'être examinée par un médecin, mais il ne se décidait pas à laisser Frances derrière lui. Il sortit de l'auto en recommandant à Lucille, qui ne lui prêtait aucune attention, de rester silencieuse.

Il retourna aux vestiaires de la piscine, où il appela Frances à voix basse. Sans réponse, il poursuivit ses recherches. Il pénétra dans le bosquet près de la berge. Les stridulations des grillons noyaient la musique du dancing. Il s'avança jusqu'à la rive. Soudain, la lune sortit du couvert des nuages et illumina le lac.

« Frances ? », appela-t-il.

Une tête jaillit de la surface à une quinzaine de mètres de lui. Ce n'était pas Frances – ce n'était même pas humain. Elle disparut si vite que Billy se dit qu'il avait dû avoir une hallucination, tout en étant certain que ce n'était pas le cas. Alors qu'il se disait qu'il s'agissait seulement d'un alligator, il nota que les eaux noires et calmes se couvraient de ridules, formant une traînée qui se dirigeait vers lui. Il recula dans l'obscurité et se réfugia sous le couvert des arbres.

« Cette chose m'a vu », pensa-t-il.

Frances se redressa au milieu des nénuphars et appela faiblement son fiancé.

Se précipitant vers elle, il la hissa sur la terre ferme. Elle avait perdu ses chaussures et ses pieds étaient maculés de vase. Sa robe et ses sous-vêtements étaient en lambeaux. Billy ôta sa veste et la passa autour de ses épaules.

« Chut, chut, ça va... fit-il lorsqu'elle sembla sur le point de parler. Viens, je te ramène à la voiture. »

Sur le trajet retour, Frances garda le silence. Elle n'expliqua pas pourquoi elle était allée dans l'eau ni pourquoi ses vêtements étaient déchirés. Billy ne lui posa aucune question. Il se gara devant chez Elinor et courut à l'intérieur, ayant ordonné à Frances et Lucille de rester dans l'auto. Il revint avec Elinor et Zaddie, munies de couvertures, et bientôt les deux jeunes femmes furent installées dans les chambres à l'étage. Prévenue par téléphone, Queenie arriva quelques minutes plus tard.

Travis Gann l'avait violée, raconta Lucille. Il l'avait attendue à l'extérieur des vestiaires, l'avait saisie par les épaules, poussée dedans, jetée au sol, avant de remonter sa robe, arracher ses sous-vêtements et la prendre de force... elle qui ne l'avait encore jamais fait.

Queenie tiqua – elle ne croyait pas sa fille encore vierge. Ça n'en était que plus tragique.

Frances refusait de parler à quiconque excepté sa mère, qui l'emmena dans la salle de bains et s'agenouilla à côté de la baignoire pour laver sa fille avec douceur. D'une voix basse et distante, Frances confia à sa mère les souvenirs qu'elle gardait des événements du lac.

« Maman, je l'ai tué.

— C'était un monstre, la rassura Elinor. Il a violé Lucille. À cause de lui, Malcolm a eu de graves ennuis.

— Mais je l'ai *tué*.

— Personne n'est au courant en dehors de nous deux. Et même si quelqu'un savait, tu crois que tu ne mériterais pas une médaille ? dit Elinor avec un rire bas. Qu'est-ce que tu penses que Queenie dirait ? Elle dirait : "Frances, laisse-moi t'embrasser d'avoir tué ce misérable Travis Gann, grâce à toi, on ne reverra plus son affreux sourire." Lève-toi, ma chérie. »

Obéissante, Frances se releva péniblement, comme autrefois, les pieds légèrement écartés. Sa mère se mit à lui frotter le ventre à l'aide d'un gant de toilette savonneux.

« Tu sais, maman… dit Frances lorsque sa mère s'attela à la jambe droite.

— Quoi ?

— Le pire ce n'est pas de l'avoir…

— Qu'est-ce que c'est alors ?

— C'est comment je l'ai tué.

— Comment ?

— Je l'ai emporté tout au fond du lac. Et je lui ai arraché les bras. Je les ai arrachés *avec ma bouche*. Et… et je les ai mangés.

— Lève ton pied, mon cœur. »

Frances s'exécuta et le posa sur le rebord de la baignoire.

Lorsque sa mère eut fini, Frances se tourna mécaniquement et sa mère commença à laver son pied gauche.

« Qu'est-ce qui ne va pas, ma chérie ? demanda Elinor au bout d'un moment. À quoi penses-tu ?

— J'essaie de me rappeler ce qui s'est passé exactement. Ça n'a pas pu réellement se passer de cette façon, si ? J'ai l'impression que c'était un rêve.

— C'était un rêve, un mauvais rêve. Maintenant, remets-toi face à moi. »

Elinor se leva, regarda sa fille dans les yeux et soutint son regard. De sa main droite, elle lui attrapa le bras et de l'autre commença à laver entre les jambes de Frances.

« Tu sais exactement ce qui s'est passé au lac ? »

Frances secoua la tête.

« Tu as trouvé Lucille, dit doucement Elinor, et puis tu as couru chercher de l'aide auprès de Billy pour qu'il la porte à la voiture. Mais Travis Gann était caché à t'attendre, il t'a attaquée et a déchiré tes vêtements, et c'est en essayant de t'enfuir que tu es tombée dans l'eau. Tu ne voyais rien à cause de l'obscurité. Travis t'a poursuivie, mais comme il ne nage pas aussi bien que toi, les alligators ont réussi à l'avoir. »

Le regard de Frances, vitreux jusque-là, se durcit.

« Oui, maman », dit-elle calmement.

Elinor poussa un soupir, laissa tomber le gant mouillé et prit sa fille nue dans ses bras.

« Je suis désolée, chérie. Désolée que ça se soit passé de *cette* façon. »

Dans les bras de sa mère, le corps de Frances était raide.

« Mais ça *s'est* passé comme j'ai dit. Je m'en souviens très bien », répliqua-t-elle, quand Elinor relâcha son étreinte.

Celle-ci hocha la tête.

« Sors de la baignoire, ma puce, que je puisse te sécher.

— C'était horrible, maman. »

Elinor, qui venait de prendre une serviette propre, se retourna et regarda sa fille avec surprise.

« Non, ça ne l'était pas. Tu dis ça maintenant, mais est-ce que tu as été blessée ? Est-ce que tu as eu peur ? As-tu même été en danger ?

— Je ne m'en souviens pas... »

Elinor secoua la tête.

« Tu n'as pas été en danger une seule seconde, ma chérie, répondit-elle en lui enroulant la serviette autour des épaules et en commençant à la frictionner. Travis Gann n'aurait jamais pu te faire de mal, pas tant que tu étais…

— Tant que j'étais quoi ?

— Ce que tu étais en entrant dans l'eau.

— Maman, ce n'est pas arrivé dans l'eau. C'est arrivé dans les vestiaires, juste après que j'ai trouvé Lucille. »

Elinor acquiesça. Elle se mit à genoux et continua à sécher Frances.

« C'est parce que tu étais bouleversée. Tu étais furieuse à cause de ce que Lucille avait subi. D'ailleurs, je ne t'en veux pas. Pas une minute.

— Est-ce que ça va encore m'arriver ? »

Elinor ne dit rien. Elle se releva, jeta la serviette dans un coin de la salle de bains et attrapa le peignoir suspendu à un crochet sur la porte.

« Enfile ça. Allons dans la chambre, je vais te brosser les cheveux.

— Maman, dit calmement Frances en se laissant guider par sa mère, j'ai besoin de savoir. Tu ne peux pas continuer à te dérober chaque fois que je te pose une question sur ce sujet. Pas après ce qui est arrivé ce soir. *J'ai tué quelqu'un* », chuchota-t-elle.

Oscar et Billy étaient assis dans la véranda, dont l'une des fenêtres donnait sur la chambre de Frances. Lorsqu'il vit la lumière s'allumer, Oscar marcha vers l'ouverture et jeta un œil à l'intérieur.

« Est-ce qu'elle va bien ? demanda-t-il.

— Elle va bien », répondit Elinor en conduisant sa fille jusqu'à sa coiffeuse.

Frances s'assit avec raideur sur la chaise en osier devant le miroir à trois faces.

« Que diable s'est-il passé là-bas ? demanda Oscar.

— Travis Gann.

— Est-ce qu'il faut qu'on appelle la police ?

— Non, répondit sèchement Elinor. Oscar, tu veux bien nous laisser seules un instant, Frances et moi ? Tout à l'heure, j'expliquerai à tout le monde ce qui s'est passé et je vous dirai ce que nous allons faire. Tu ne me fais pas confiance ? »

Oscar haussa les épaules.

« Billy et moi, on est là, on ne sait pas ce qui se passe.

— Très bien, restez comme ça. »

Malgré la chaleur, Elinor ferma la fenêtre au nez de son époux et tira les rideaux, avant de retourner auprès de Frances. Assise les mains sur les genoux, celle-ci regardait fixement son triple reflet. Elinor ramassa une brosse et la passa dans l'épaisse chevelure mouillée de sa fille.

« Frances, dit-elle doucement, en lui souriant dans le miroir tandis qu'elle la coiffait, maintenant je veux que tu te calmes, parce que dans quelques instants, toi et moi on va devoir entrer dans la véranda et parler à Oscar, Billy et Queenie. Tu vas devoir leur dire ce qui s'est passé au lac. Ils vont s'attendre à ce que tu sois secouée, mais ils ne voudront pas entendre une histoire complètement folle.

— Maman, soupira Frances, sans regarder ni son reflet ni sa mère, mais la lampe de chevet à l'abat-jour frangé, tu ne crois quand même pas que je vais m'amuser à raconter une histoire pareille à quiconque ?

— J'espère que non. Qui te croirait ? Personne. Moi, je ne te croirais pas, dit sa mère en riant.

— Ce n'est pas drôle.

— Frances, ma chérie, tu réagis comme si ça n'était jamais arrivé avant… C'est ça que je ne comprends pas. »

Stupéfaite, Frances leva la tête vers sa mère.

Après un silence, Elinor reprit à voix basse :

« Je vois. Tu ne te souviens de rien…

— Me souvenir de quoi ?

— Des autres fois.

— Quelles autres fois, maman ?!

— Celles où tu allais dans l'eau.

— Tu veux dire, dit Frances avec hésitation, que j'ai déjà subi… ce… changement ?

— Bien sûr, acquiesça Elinor. Quand tu allais à Pensacola avec Miriam et que tu nageais pendant des heures… Tu ne crois quand même pas qu'une jeune fille de seize ans pourrait nager aussi loin, n'est-ce pas ? Une fille qui, en plus, aurait passé trois ans de sa vie allongée dans ce lit, incapable de bouger les jambes. Tu te rappelles quand tu étais petite et qu'on allait nager toutes les deux dans la Perdido ? On n'autorisait jamais personne à venir avec nous. Tu t'en souviens ?

— Un peu, admit Frances. Mais je ne me souviens de rien d'autre, juste que…

— Quoi ?

— Rien, maman. Je ne me souviens de rien, justement. Sauf que tout était différent. »

Elinor hocha la tête.

« Alors c'est ça, reprit Frances d'un ton maussade. Quand je suis dans l'eau et que je ne me souviens de rien après, c'est parce que j'ai changé.

— Exactement.

— Mais cette nuit je me suis souvenue. »

Sa mère haussa les épaules.

« Il s'est passé plus de choses, et puis tu étais en colère. Il y a aussi que tu grandis.

— Donc, ça va recommencer ? »

Elinor garda le silence, tout en continuant à lui brosser les cheveux.

« Maman ? demanda délicatement Frances au bout d'un moment.

— Oui ?

— Tout le monde n'est pas comme ça…

— Non, ma chérie. Juste toi et moi.

— Pas Miriam ? »

Elinor secoua la tête.

« Tu te rappelles quand je t'ai dit que tu étais ma

vraie petite fille ? C'est de ça que je parlais. »

Assise totalement immobile, Frances fixait son reflet dans le miroir. Elle leva un bras et, le tournant dans la lumière, se mit à l'inspecter.

« Tu ne verras rien, chérie.

— Et Billy ?

— Quoi Billy ? », demanda Elinor en reposant la brosse pour ouvrir une petite boîte dorée qui contenait des épingles à cheveux. Elle plaça une épaisse boucle de Frances en arrière et s'empara d'une épingle. Frances retint la mèche jusqu'à ce que sa mère la fixe.

« Je peux encore me marier avec lui ?

— Évidemment ! J'ai bien épousé ton père, non ? »

Frances haussa les épaules.

« Qu'est-ce que je vais lui dire ?

— Absolument rien ! Que veux-tu lui dire exactement ?

— Justement, je n'en sais rien ! s'écria Frances au désespoir en se tournant sur son siège en osier pour faire face à sa mère. Maman, je ne comprends rien à ce qui m'arrive, il faut que tu m'aides ! Il faut que tu me dises quoi faire ! »

Elinor prit sa fille par les épaules, les serra et dit :

« Tu t'en sors déjà très bien. Si tu as le moindre problème, viens me voir. C'est tout. Maintenant tourne-toi que je finisse de te coiffer. Ils nous attendent !

— Pourquoi se donner la peine de me coiffer ?

— Parce que quand on va sortir dans la véranda et que tu vas revoir Billy, je ne veux pas qu'il se souvienne de ce à quoi tu ressemblais en sortant du lac. Je veux seulement qu'il puisse voir la belle, très belle jeune femme que tu es.

— Est-ce que papa est au courant ?

— Au courant de quoi ?

— Pour moi.

— Non.

— Et pour toi ? »

Elinor marqua une pause.

« Ton père en sait davantage qu'il ne veut bien le dire. C'est un homme bon et très intelligent. Il sait quand garder le silence. Billy lui ressemble énormément, tu ne trouves pas ? »

Frances ne dit rien. Une autre question la tourmentait.

« Et les enfants ?

— Comment ça ? demanda Elinor en examinant la coiffure de sa fille dans le miroir.

— Ils seront comme nous deux ? »

Elinor sourit.

« Voilà, c'est terminé, dit-elle. Et tu as posé assez de questions pour la soirée. Allons dans la véranda et finissons-en avec cette histoire. »

LUCILLE ET GRACE

Lucille resta alitée une semaine à la suite de son viol et fut veillée par toutes les femmes du clan. On raconta aux habitants de la ville que dans l'obscurité, elle avait trébuché sur la racine d'un des cèdres de Lake Pinchona et que, dans sa chute, elle s'était coupée sur un clou qui dépassait d'un poteau. Les propriétaires de la base de loisirs eurent bien quelques doutes; néanmoins, ils n'avaient aucun intérêt à faire circuler la rumeur d'un viol. Si la nouvelle se répandait qu'une fille des environs avait été agressée par un soldat du Corps aérien – dans la mesure où les militaires constituaient l'essentiel de la clientèle depuis un an, qui d'autre aurait pu commettre un tel acte ? –, les conséquences seraient désastreuses. Les commandants d'Eglin pourraient décider d'interdire à leurs hommes de fréquenter le lac, et alors le couple devrait dire adieu aux généreux bénéfices que leur rapportait leur affaire.

Une autre serveuse fut embauchée, une fille de Bay Minette qui n'était pas aussi jolie que Lucille et qui, en outre, ne savait pas danser. Une fois rétablie de sa « chute », Lucille n'avait eu aucune envie de reprendre son ancien poste.

Le corps de Travis Gann ne fut jamais retrouvé, ni dans le lac ni sur les berges. Pour les citoyens de Perdido, il avait simplement disparu de la circulation après avoir purgé sa peine à la prison d'Atmore. On se réjouissait même qu'il ait choisi d'aller vivre loin, très loin.

Deux mois plus tard, Queenie découvrit que le malheur qui l'avait déjà frappée s'acharnait à nouveau sur elle. Lucille était enceinte. Sur les conseils d'Elinor, la jeune fille avait été examinée non par le docteur Benquith, mais par un médecin de Pensacola. Les Caskey avaient préféré que leur ami Leo ne soit pas au courant des événements survenus à Lake Pinchona. « Je sais reconnaître une grossesse quand j'en vois une, dit Queenie. Dans quelques mois, elle ne pourra plus la cacher. »

Un soir, les femmes de la famille tinrent conseil chez James. Seules Frances et Miriam n'y assistèrent pas. On fit venir Lucille, mais elle fut reléguée dans la chambre de Grace, porte close. Les femmes s'étaient rassemblées pour décider quoi faire.

Grace affichait un air ravi. Elle n'avait jamais assisté à une vraie réunion de famille jusque-là ; elle était fière d'y avoir été admise. C'était l'occasion ou jamais de faire entendre sa voix, qu'on se souvienne de sa première intervention.

« Laissez-moi l'emmener avec moi, déclara-t-elle.

— L'emmener où ? demanda Sister.

— Peu importe. Pourquoi pas Miami, ou le Tennessee. Le lieu n'a pas vraiment d'importance. Dites aux gens qu'elle est partie rendre visite à de la famille, ou bien qu'elle m'accompagne dans mon tour des parcs nationaux, ce que vous voudrez.

— Par les temps qui courent, difficile de voyager, remarqua Elinor. N'oublie pas que nous sommes en guerre.

— Dans ce cas, on restera à un seul endroit. Quelque part où personne ne nous connaît.

— Pendant neuf mois ? demanda Queenie. Tu accepterais de tenir compagnie à Lucille tout ce temps ?

— Pas exactement neuf, plutôt sept je dirais.

— Qu'est-ce que tu comptes faire du bébé une fois qu'il sera né ? », demanda Sister.

Grace haussa les épaules.

« Je ne sais pas. Je suppose qu'elle ne pourra pas le garder, sinon il n'y aurait eu aucun intérêt à cacher sa grossesse. Il faudra le donner à l'adoption, j'imagine ?

— Si seulement on pouvait le garder… soupira Queenie. On pourrait le donner à James.

— James est trop vieux pour s'occuper d'un bébé, dit Elinor sans méchanceté. Si on le garde, tout le monde saura ce qui s'est passé. On n'a pas d'autre choix que de s'en débarrasser. »

Grace comprit alors que sa suggestion avait été approuvée et qu'elle emmènerait Lucille avec elle le temps de la grossesse. C'est pourquoi elle annonça : « On décidera plus tard de ce qu'on fera du bébé. Pour l'instant, il faut trouver un moyen de quitter la ville sans que personne ne soupçonne quoi que ce soit. D'abord, il faut que Lucille démissionne du *Ben Franklin*... »

Tout fut réglé dans la soirée. On informa Lucille de la décision, qu'elle accepta sans faire d'histoires. Elle avait changé depuis le viol : sans être sombre, elle était comme distraite. Elle avait cessé de mentir, car plus rien dans la vie ne paraissait valoir la peine de mentir. Finies aussi les pleurnicheries pour obtenir ce qu'elle voulait. Elle regarda Grace et dit :

« Tu vas prendre soin de moi ?

— Oui. Tu veux aller où, Nashville ou Miami ? »

Lucille haussa les épaules.

« Dans ce cas, ce sera Nashville. Queenie, on dira qu'on est allées rendre visite à ta famille.

— Ils sont tous morts.

— Tant mieux. Comme ça, personne ne nous embêtera. »

La seule chose que Perdido sut, c'est que Grace et Lucille, qui pourtant n'avaient jamais été proches, allaient séjourner à Nashville pour une durée indéterminée. C'était d'autant plus mystérieux que Grace n'aurait jamais quitté son père aussi longtemps alors que le vieil homme continuait à se morfondre à cause du départ de Danjo. Mais Perdido n'apprit rien de plus, si ce n'est que les questions n'étaient pas les bienvenues.

James exigea un seul changement au plan. Il refusait catégoriquement que sa fille s'en aille dans une ville aussi lointaine que Nashville. Il souhaitait que Grace et Lucille restent cachées dans un lieu plus proche. Après réflexion, Oscar eut une idée : « Vous savez quoi ? Juste après la mort de maman, on a acheté des terres dans le comté d'Escambia, vous vous rappelez ? Dans le lot, il y avait une petite propriété qu'Elinor m'avait aussi conseillé d'acquérir. Elle se trouve à une dizaine de kilomètres de Babylon, sur une minuscule route qui ne mène nulle part. Il n'existe pas d'endroit plus isolé au monde. Elinor, toi et moi, on y est passés en voiture la dernière fois, tu t'en souviens ? »

Elle s'en souvenait parfaitement.

« L'endroit s'appelle Gavin Pond, répondit-elle. C'est un vieux corps de ferme bâti à côté d'un étang. Dans le coin, on trouve plein de nappes d'eau souterraines. Il y a aussi une grande prairie, un verger de pacaniers et environ deux cents hectares de forêts. La propriété est délimitée à l'ouest par la Perdido.

— C'est la première fois que j'entends parler d'un tel lieu, dit James.

— Quand maman est morte et qu'on a hérité de son argent, Elinor et moi on s'est mis à acheter des terres à droite et à gauche. On dirait que ça commence enfin à être utile. Gavin Pond… J'avais même oublié le nom.

— Combien de temps met-on pour y aller ? demanda Grace.

— Une demi-heure au plus, répondit Elinor. Il faut prendre la route de Babylon puis virer au sud, c'est tout.

— Papa, reprit Grace, Queenie et toi pourriez venir nous voir n'importe quand. Elinor, dans quel état était la maison la dernière fois que tu y es allée ?

— Ça allait. Mais depuis le temps, il faudrait peut-être la retaper un peu. Je vais y aller demain avec Bray et on évaluera les travaux qu'il reste à faire avant que vous puissiez emménager. »

Elinor et Bray se mirent au travail dès le lendemain. La semaine suivante, Bray se débarrassa d'une famille d'écureuils qui avait élu domicile dans les chambres du premier et colmata un trou dans le toit. Il bâtit de nouvelles marches à l'arrière de la maison et consolida le petit porche avant. Entre-temps, tous les matins de bonne heure, avant que le reste de la ville ne soit réveillé, Elinor et Sister chargeaient des meubles dans l'une des camionnettes de la scierie que Bray conduisait ensuite à Gavin. On avait établi que l'achat de mobilier neuf, que ce soit à Mobile ou à Babylon, attiserait trop la curiosité des locaux. Queenie se rendit au petit magasin de Dollie Faye Crawford, et remplit son auto de courses en vue d'approvisionner les placards de la cuisine. Les Caskey visitaient la maison seuls ou par deux si bien que personne ne fut au courant de l'affaire ou ne suspecta leur plan. Lucille démissionna sans regret de son poste au *Ben Franklin*. L'envie de flirter avec des soldats venus acheter un sachet de pralines ou des barres chocolatées l'avait désertée.

Vers la mi-août, lorsque la maison fut enfin jugée habitable, Queenie conduisit sa fille dans un salon de beauté à Pensacola. Là, ses cheveux furent coupés et teints en noir. Les deux femmes ne revinrent à Perdido qu'à la nuit tombée. Alors seulement Grace et Lucille se mirent en route, une demi-douzaine de bagages sur la banquette arrière. Les Caskey restèrent à l'intérieur de leurs maisons quand le véhicule s'éloigna de chez James, Lucille se plaqua à son siège essayant de se faire la plus discrète possible tandis qu'elles passaient en plein centre-ville, traversaient le pont au-dessus de la rivière puis Baptist Bottom avant d'emprunter la route qui menait à l'est vers la Floride. Elle pleurait.

En 1943, Babylon était une bourgade minuscule, plus petite que Perdido, dénuée de scierie ou de quelque autre industrie d'ampleur pour l'enrichir, et rien pour la distinguer si ce n'est trois adolescents qui avaient intégré une équipe professionnelle de base-ball ces dernières années. La petite propriété des Caskey se trouvait à huit kilomètres au sud de la ville, après un chemin de gravier qui traversait le quartier des Noirs. Deux ornières caillouteuses traversaient ensuite une forêt de feuillus sur un kilomètre, jusqu'à la clairière où se trouvait le corps de ferme. Derrière la maison, il y avait la prairie réservée au bétail où seuls des chevreuils paissaient depuis vingt ans, ainsi que le verger de pacaniers où coulait un ruisseau. Les rangs bien alignés de noyers de pécan étaient perturbés par de jeunes chênes qui poussaient de façon anarchique. À côté de la maison, l'étang de pêche grouillait de poissons qui s'étaient nourris, avaient grandi et s'étaient multipliés tranquillement pendant de nombreuses générations. L'étang était bordé de cyprès noirs couverts de mousse. Bien entendu, les deux jeunes femmes ne virent rien de cela lorsqu'elles arrivèrent en pleine nuit. Elles ne purent distinguer que les travées du sentier, les troncs des arbres et la partie basse de la maison, illuminée par les phares vacillants de l'auto.

De taille modeste, l'habitation abritait deux chambres à l'étage et deux pièces de vie, un cellier et une salle de bains, au rez-de-chaussée. Elinor avait fait installer des rideaux aux fenêtres. Zaddie et Luvadia avaient nettoyé et ciré le parquet – les Sapp étaient dans la confidence de chaque détail de l'opération. Ils auraient de toute façon découvert le pot aux roses ; les Caskey les considéraient comme des membres de la famille à part entière, ils leur faisaient confiance autant qu'à eux-mêmes. En dépit de ces tentatives pour rendre la maison douillette et confortable, Lucille pensa qu'elle n'était jamais allée dans un endroit aussi sinistre et isolé. Toutes les fenêtres donnaient sur la noirceur de la nuit.

Elle s'accrocha à Grace.

« J'ai peur.

— Allons à l'étage, je vais te montrer nos chambres. »

Lucille lança un regard terrifié à Grace.

« Hors de question que je dorme seule. Pas dans un endroit pareil ! »

Les chambres étaient carrées et sans ornement ; dans chacune, il y avait un lit, une commode, une coiffeuse et un tapis. Elles auraient pu paraître accueillantes en plein jour, baignées de soleil grâce aux hautes fenêtres, mais la nuit elles étaient étouffantes à cause de la chaleur accumulée pendant la journée. Une ampoule nue éclairait faiblement chaque pièce, jetant des ombres crues sur les mouches mortes qui jonchaient le rebord de la fenêtre et un nid de guêpes au coin de la chambre de Grace.

« Je déteste cet endroit, dit Lucille.

— Demain, je vais t'emmener pêcher. On va s'amuser comme des folles ! »

Lucille secoua la tête avec scepticisme. Ni cette nuit ni les suivantes elle ne permit à Grace de dormir seule. Elle insista pour qu'elles partagent le même lit. Lucille avait peur du noir au-dehors et du silence qui les enveloppait. Ce silence pesant était seulement rompu par un occasionnel *plouf* d'un poisson dans l'étang ou le craquement des brindilles sous les pattes des animaux qui sillonnaient les bois. Lorsqu'elle regardait par la fenêtre, elle ne voyait que le reflet froid de la lune, à la surface de l'étang. De l'autre côté de la mare, se trouvait un minuscule cimetière d'une douzaine de tombes où étaient enterrés les membres de la famille qui avait construit cette ferme et dormi dans cette chambre où elles dormaient à présent. Non, pas question que Lucille reste seule. Malgré la chaleur et l'étroitesse de la pièce, elle passait ses nuits blottie dans les bras de Grace. Elle ignorait ce qui l'effrayait le plus : le silence ou l'obscurité, l'étang ou le cimetière sous la lune – à moins que ce ne soit la chose qui grandissait dans son ventre.

Les journées se passaient mieux. La nuit rafraîchissait un peu la maison et les arbres protégeaient le toit des rayons du soleil jusqu'au milieu de l'après-midi. Ce n'est qu'ensuite que la chaleur s'installait. Lucille écoutait la radio, passait des disques, attendait dans la barque et chassait les moustiques tandis que Grace pêchait, se promenait dans le verger de pacaniers munie d'un bâton pour éloigner les serpents et, parfois, cousait. « J'ai tout le temps envie de coudre quelque chose pour le bébé, confia Lucille à Grace. Et puis je me rappelle que je ne vais pas pouvoir le garder. Je parie que c'est *lui* et pas *elle*. »

Elles n'étaient pas aussi seules qu'elle l'avait redouté la nuit de leur arrivée. Les Caskey leur rendaient visite, quelquefois c'était James et Queenie, d'autres fois c'était Elinor et Zaddie, d'autres encore, seulement Sister. Les visiteurs s'asseyaient au bord de l'étang, s'émerveillaient de la beauté et du calme des lieux et s'exclamaient qu'il était dommage de ne pas avoir rénové la propriété plus tôt. On s'y sentait beaucoup mieux qu'à la plage. Par deux fois, Oscar surgit au beau milieu de la journée, sous prétexte que la montagne de travail à la scierie était en train de le rendre fou. Seules Frances et Miriam ne firent pas le déplacement. Un jour, alors qu'elles pêchaient sur l'étang, Lucille demanda à Grace pourquoi leurs cousines ne leur rendaient jamais visite. Pour commencer, Grace ne répondit pas. Comme Lucille insistait, elle finit par dire :

« Elles croient qu'on est à Nashville.

— Tu veux dire que tout le monde leur cache la vérité ?

— Elles sont trop jeunes. Ça pourrait leur échapper, sans s'en rendre compte », expliqua Grace.

Pour une raison qu'elle ignorait, cette nouvelle déprima Lucille. À ses yeux, l'ignorance dans laquelle étaient tenues Frances et Miriam était révélatrice de l'étendue de sa honte.

« Ce n'est pas ma faute ! Je n'ai pas demandé à ce que cet homme me saute dessus là-bas ! »

Grace sortit un poisson de l'eau. Elle s'apprêtait à abandonner la pêche – où était l'intérêt, dans un étang aussi poissonneux que celui-là ? En outre, quelque chose dans l'eau donnait aux prises un goût rance, peu importait la rapidité avec laquelle on les cuisinait, comme s'ils ne s'étaient nourris que des poissons morts qui avaient coulé au fond.

« Bien sûr que ça n'est pas ta faute, Lucille. Personne n'a jamais dit ça.

— Alors pourquoi je suis punie ?

— Tu appelles une punition des vacances comme celles-ci ?

— Oui. Je n'ai même pas le droit de t'accompagner à Babylon.

— Je n'y vais qu'une fois par semaine, et encore ! Queenie nous apporte de quoi manger. Et puis ce n'est pas comme si j'aimais aller en ville.

— J'ai l'impression d'être en prison. Personne ne m'a demandé comment *moi*, je voyais la situation. »

Grace la dévisagea avec surprise.

« Tu aurais voulu garder cet enfant ? Alors que tu sais que le père est ce misérable Travis Gann ? J'espère que Frances a raison et que les alligators de Lake Pinchona lui ont réglé son cas ! »

Lucille détourna le regard.

« Je ne sais pas ce que j'aurais voulu faire. Je n'avais pas les idées claires. Et c'est toujours pareil.

— Enfonce ton chapeau. Tu as trop de soleil sur le visage.

— Pourquoi on est ici ? demanda subitement Lucille. Pourquoi personne ne devrait rien savoir ?

— Pour une raison toute simple, nous ne voulons pas que les gens sachent ce qui t'est arrivé. Pas parce qu'on a honte, mais à cause de ce qui t'arriverait si ça s'ébruitait. Tu as raison, ce n'est pas ta faute si Travis Gann t'a agressée, mais si ça se savait et que les gens apprenaient que tu es enceinte, tout le monde te regarderait différemment. Et probablement aussi qu'ils traiteraient le bébé différemment. Je serais surprise que tu puisses te marier après ça. Les bonnes gens de Perdido ne sont pas tendres avec ces choses-là. C'est partout pareil, j'imagine. Les hommes ne veulent pas épouser un produit endommagé, et c'est comme ça qu'on te jugerait, si ça s'apprenait. Un produit endommagé.

— Je m'en fiche ! s'écria Lucille. De toute façon je ne veux pas me marier. Jamais. »

Grace éclata de rire.

« Lucille Strickland ! Je t'ai vue draguer tous les hommes qui approchaient à moins de cinq kilomètres du *Ben Franklin*. Je t'ai vue essayer je ne sais combien de fois l'alliance de ta mère, juste pour voir l'effet que ça ferait ! Ne va pas me faire croire que le mariage ne t'intéresse pas.

— Pourtant, c'est vrai ! répondit la jeune fille en regardant l'étang autour d'elle, le cimetière, la maison puis le ciel, comme stupéfaite que son esprit ait pris seul cette décision sans qu'elle-même ait eu voix au chapitre. Pourtant, c'est vrai, répéta-t-elle d'une voix douce. Peut-être qu'après tout cet endroit n'est pas si horrible que ça. On se sent juste un peu isolé, c'est tout.

— On croirait entendre papa. Vous faites tous comme si je n'étais pas là pour vous tenir compagnie. Tu mériterais que je prenne ce poisson et que je te l'agite devant ton visage d'ingrate ! »

Alors qu'elle mettait sa menace à exécution, Lucille se mit à rire et à pousser des cris.

« Non, s'il te plaît, Grace ! Non pas ça, Grace, pas ça ! »

TOMMY LEE BURGESS

Lucille alla à trois reprises consulter un médecin à Pensacola, et chaque fois on lui assura que la grossesse suivait son cours normal. Le médecin certifia que le bébé serait en bonne santé et, à en juger par la taille du ventre de Lucille, bien portant. Elinor et Sister avaient secrètement cru que l'ennui et la solitude auraient raison de Lucille et qu'elle retournerait à Perdido, enceinte et sans mari, entraînant un scandale public auquel Queenie devrait faire face. Cette dernière aussi s'y était attendue. Néanmoins, à mesure que la famille venait la voir à Gavin Pond, il devint évident qu'elle s'y habituait, qu'elle n'était plus la jeune fille qu'elle avait été et que sa vie avait pris une direction imprévue. Elle se satisfaisait peu à peu de son sort, dans ce corps de ferme isolé au sud de Babylon.

Cet automne-là, Lucille ne se plaignit jamais de la solitude. Elle ne regretta pas la compagnie des jeunes soldats, ni celle de ses collègues féminines du *Ben Franklin* et de Lake Pinchona. Elle paraissait heureuse de simplement rester à la maison, à broder des taies d'oreiller et des chemises de nuit tandis que Grace explorait la propriété qu'elle en était venue à considérer comme la sienne. Chacune trouvait du réconfort dans la présence de l'autre. Queenie, Elinor et Sister avaient même parfois l'impression de faire intrusion dans la précieuse solitude des deux cousines.

Qui aurait cru que Lucille puisse un jour se livrer à une tâche aussi méticuleuse, longue et rébarbative que la broderie ? Jusqu'à ce que, merveille des merveilles, elle se mette à confectionner des robes. Elle demanda un jour à sa mère si elles avaient les moyens de s'offrir une machine à coudre. Le lendemain, à bord de l'une des camionnettes de la scierie, James et Bray lui apportèrent une Singer. Dès lors, la famille débarquait à chacune de ses visites avec du tissu et des patrons pour des robes, de la taille de Lucille ou de celle de Grace. Lucille se mit à remplir les armoires de chez elles de robes cousues maison.

Grace déclara qu'elle aurait souhaité avoir vécu toute sa vie à la campagne. Pour son anniversaire en janvier, James lui demanda ce qu'elle voulait. Sa fille répondit : « Un tracteur. » Il lui en acheta donc un, et Grace s'attela à rendre au verger sa splendeur d'antan. Un après-midi de février, Bray conduisit James et Queenie à Gavin Pond, et ces derniers s'installèrent au salon pour bavarder avec leurs filles respectives. Grace avait fabriqué à sa cousine un métier à broder ajustable. Dans les derniers mois de sa grossesse, Lucille avait trouvé pénible de rester assise trop longtemps. Elle s'allongeait sur le canapé, le métier à broder sur le ventre, afin de pouvoir continuer à travailler sans se fatiguer. À la stupéfaction de Queenie et James, Grace évoqua leur projet, après la naissance du bébé, de se rendre toutes les deux en Géorgie afin d'acheter du bétail. Grace était certaine qu'en un an elle pouvait transformer Gavin Pond – c'est-à-dire l'ensemble de la propriété – en une exploitation agricole qui générerait du profit.

« Grace ! s'écria Queenie. Vous comptez réellement vous installer ici ?

— On adore cet endroit. Après tout le mal qu'on s'est donné…

— James, intervint Lucille, est-ce que tu aurais un vieux tapis dont tu ne voudrais plus ? Quelque chose qui irait dans cette pièce ? Je pensais…

— Bleu, coupa James. Je verrais bien un tapis bleu.

— Attendez une minute, objecta Queenie. James, ne va pas mettre des tapis partout avant qu'on ait éclairci la situation.

— Quelle situation, maman ?

— Ma chérie, tu te plais vraiment ici ?

— Maman, répondit sa fille d'un air satisfait en faisant passer son aiguille dans le tissu, on adore.

— La ville ne te manque pas ? »

Lucille lui fit non de la tête.

« On a la radio, et de toute façon c'est la seule chose qu'il y ait à faire à Perdido. Après la naissance du bébé, Grace a dit qu'elle m'emmènerait au cinéma à DeFuniak Springs quand je voudrais. Si je rentre à Perdido, il faudra que je retourne travailler au *Ben Franklin*. Je suis devenue paresseuse. Je ne veux plus travailler. James, la prochaine fois que quelqu'un vient ici, tu pourras lui demander d'apporter le tapis ?

— Lucille meurt d'envie d'avoir ce tapis, papa.

— Qu'est-ce qu'il vous faut d'autre ? demanda James. Je suppose qu'il va falloir rendre cette maison plus confortable. »

Ce changement abrupt chez Lucille Strickland ne suscita que deux heures de questionnement dans la famille. Pour commencer, personne ne trouva étrange que Grace et Lucille décident d'emménager ensemble et qu'elles soient satisfaites de leur mutuelle compagnie. Ce qui les étonna fut leur décision de rester là-bas. Aucun Caskey n'avait jamais vécu à la campagne.

« Ma petite fille, dit James, a décidé d'être fermier. Grand bien lui fasse.

— Et ma petite fille à moi a décidé d'être la femme du fermier, soupira Queenie. Qui aurait pu imaginer ça ?

— Je suppose qu'à la naissance du bébé, dit

Sister, une fois qu'elles s'en seront débarrassé, on pourra raconter aux gens que Grace a acheté une ferme à la campagne et que Lucille lui tient compagnie pour qu'elle ne se sente pas seule.

— Et alors, les gens penseront qu'elles ont *toutes les deux* perdu la tête », soupira Elinor.

Parmi les Caskey, personne ne chercha à les dissuader. Chaque fois que l'un d'entre eux allait les voir, il leur apportait un petit quelque chose pour leur intérieur : une lampe, une table de chevet, un carton de livres.

« La première chose qu'on va faire c'est aménager la chambre d'ami, dit Lucille à sa mère venue un après-midi. Comme ça, quand vous viendrez, vous pourrez aussi rester dormir. »

Surprise, Queenie leva la tête.

« Mais il n'y a que deux chambres dans cette maison, une pour toi et une pour Grace. Où est la chambre d'ami ?

— Mais maman, Grace et moi on dort ensemble ! rit Lucille. Tu ne crois quand même pas que j'allais dormir seule alors qu'on est si loin de tout ? Tu sais à quel point je suis peureuse. »

Les Caskey digérèrent également cette information surprenante. Tous se souvenaient qu'enfant, Lucille avait souffert de cauchemars récurrents.

Peut-être que ces menues surprises auraient dû les préparer à la déflagration qui allait suivre, mais ce ne fut pas le cas.

Lorsque la date de l'accouchement approcha, Ivey vint s'installer à l'étang, où elle dormait sur un lit d'appoint dans la cuisine. Puisqu'il fallait continuer à préserver le secret, on ne ferait appel à aucun médecin. Sans aucune complication et dans le lit qu'elle partageait avec Grace, Lucille donna naissance à un petit garçon qui pesait presque autant qu'un sac de farine de trois kilos et demi, selon l'estimation fiable d'Ivey.

Queenie, James, Elinor et Sister arrivèrent une heure plus tard et examinèrent le nourrisson.

« Nous allons l'appeler Thomas Lee, dit fièrement Grace, debout à côté de Lucille à la tête du lit. Coucou, Tommy Lee !

— Ça ne sert à rien de lui donner un prénom, dit Queenie. Ce sera aux nouveaux parents de décider comment ils veulent l'appeler. Si ça se trouve, ils ont déjà un petit Tommy.

— Aux nouveaux parents ?! s'écria Lucille. Qui a parlé de nouveaux parents ? », dit-elle en serrant le bébé contre sa poitrine dans un geste protecteur.

Queenie, James, Elinor et Sister restèrent cois.

« Tu... veux dire, articula lentement Elinor, que tu comptes... garder l'enfant ?

— C'est vrai que c'est un beau garçon ! s'exclama James. À leur place, je le garderais aussi.

— James, fit Sister, tu garderais n'importe quel enfant. Je suis surprise qu'on ne t'ait pas encore arrêté pour enlèvement. »

Elinor regarda les deux jeunes femmes et poussa un soupir.

« Mettons les choses au clair, dit-elle. D'abord, vous voulez rester ici, dans cet endroit perdu...

— Parfaitement », répondit Grace, résolue.

Lucille acquiesça avec humilité.

« Et vous voulez garder le bébé.

— Il est à nous ! rétorqua Lucille.

— Ma chérie, dit Queenie, nous ne voulons que ce qu'il y a de mieux pour vous. »

Tel un tribunal, les quatre aînés Caskey échangèrent un regard, puis un autre, avant de poser les yeux sur Grace, Lucille et Tommy Lee, et de se regarder entre eux à nouveau. En tant que chef de famille, Elinor prit la parole.

« Bien sûr que vous pouvez garder l'enfant, et bien sûr que vous pouvez rester vivre ici. Vous êtes majeures et vous pouvez faire ce que vous voulez. Maintenant, est-ce que vous êtes *sûres* que c'est ce qui va vous rendre heureuses ?

— Oui, répondirent-elles d'une même voix.

— Dans ce cas, poursuivit Elinor, dites-nous ce que nous sommes censés raconter à Perdido.

— Comment ça ? demanda Grace.

— Je m'étonne déjà qu'on ait été capables de garder le secret aussi longtemps, reprit-elle, avec tous ces appels longue distance, les allées et venues de Bray dans une camionnette chargée de meubles, plus les voyages en centre-ville pour acheter du matériel de couture à Lucille. Nous ne pourrons pas le garder indéfiniment, et de toute façon nous n'en avons pas envie. Nous aimerions que toutes les deux, et Tommy Lee, veniez passer du temps à Perdido. Donc, qu'est-ce que nous sommes censés dire aux gens lorsqu'ils nous demanderont qui est ce joli bambin et si c'est bien une cigogne qui l'a déposé devant notre porte ?

— Je ne pense pas que tu aies très envie qu'on dise que tu t'es fait violer à Lake Pinchona, dit Queenie.

— Chut ! fit Grace. Bien sûr que non.

— On pourrait raconter qu'elle s'est mariée, et que c'est pour cette raison qu'elle est partie loin, proposa James. Et que son mari a été tué à la guerre. Elle a découvert ensuite qu'elle était enceinte, et c'est son fils. Ça tient la route, non ?

— C'est une bonne histoire, approuva Lucille. Les gens y croiraient. »

Ainsi, l'affaire fut réglée.

Frances et Miriam furent mises dans la confidence, et on leur raconta toute la vérité. Frances tomba des nues, alors que Miriam l'éternelle je-sais-tout répliqua :

« Il aurait fallu être sourd, aveugle et stupide pour ne pas avoir compris ce qu'il se passait.

— Si tu savais, alors pourquoi tu n'as rien dit ? demanda Sister avec suspicion.

— Ce n'était pas mes affaires. J'espère seulement

que personne n'attend de moi que j'aille là-bas.

— Pourquoi pas ? demanda James.

— Parce que mon idée du plaisir ne coïncide pas avec un étang croupi bourré de moustiques, une maison remplie de bêtes et un enfant qui pleure dans la pièce à côté, voilà pourquoi.

— Cet étang est vraiment très agréable, dit James avec un léger ton de reproche dans la voix. Et Tommy Lee est le nourrisson le plus mignon que j'aie jamais vu. D'ailleurs, je vais demander à Bray de m'y emmener tous les jours.

— Voyons, James, tu ne peux pas faire ça, dit Queenie avec autorité. Les filles veulent être seules avec leur bébé. Je n'ai jamais vu deux êtres aussi heureux l'un avec l'autre. La dernière chose qu'elles veulent, c'est qu'on soit dans leurs pattes matin et soir ! »

En apprenant la situation, Billy Bronze fut capable d'apporter son aide. Sans être vu de personne, il fouilla dans les dossiers d'Eglin et trouva le nom d'un jeune homme qui avait été basé au camp au moment du viol et qui plus tard était mort au combat dans le Pacifique Sud. Il s'appelait LeRoy Burgess et n'avait plus de famille. C'est ainsi que LeRoy Burgess devint l'époux posthume de Lucille, et le père de Tommy Lee.

Le premier juillet 1944, Tommy Lee Burgess fut baptisé à l'église méthodiste de Perdido. Sa mère et Grace se tenaient à ses côtés devant les fonts baptismaux. Une petite réception eut ensuite lieu chez Elinor. Si certains habitants ne crurent pas à l'histoire qu'on leur avait racontée, au moins eurent-ils la décence de n'en rien laisser paraître. Grace déclara à tout le monde : « Dès que Tommy Lee sera assez grand, Lucille et moi on va l'emmener jusqu'en Oklahoma et acheter un troupeau de génisses Black Angus. Il n'y a rien qu'une Black Angus préfère davantage qu'un verger de pacaniers... »

LAZARE

L'Allemagne n'avait pas encore capitulé face aux Alliés, pourtant la guerre paraissait s'essouffler. Les citoyens de Perdido le sentaient parce que la base aérienne toute proche le sentait. On enrôlait certes encore des adolescents pour les envoyer en Europe et dans le Pacifique, mais les choses avaient changé ; sans l'ombre d'un doute, la guerre tirait à sa fin. L'armée n'en continuait pas moins de commander en masse du bois de charpente, des poteaux et des châssis, si bien que la prospérité des Caskey ne donna aucun signe de faiblesse. Plus que jamais, Miriam travaillait d'arrache-pied aux côtés de son père à la scierie, et les ouvriers s'étaient depuis longtemps habitués à sa présence. Elle n'était plus simplement la fille de Monsieur Oscar, elle était désormais Mademoiselle Miriam, et respectée en tant que telle.

La scierie se divisait en deux pôles. La zone externe incluait la cour avec ses machines, ses ouvriers et ses entrepôts de stockage, ainsi que les forêts et tous les véhicules servant à transporter le bois. La zone interne comprenait les bureaux au centre de la cour, les employés qui y travaillaient, la partie administrative, les comptables et les avocats ainsi que les chargés de clientèle. À ce moment-là, l'unique client des Caskey continuait d'être le gouvernement, et cela ne facilitait en rien la gestion des affaires.

Depuis trois ans qu'elle travaillait là, Miriam avait pris la direction de la quasi-totalité des opérations internes. Elinor, qui parvenait à se tenir au courant des affaires de la scierie sans jamais y mettre les pieds, savait que Miriam n'avait pas accompli cela par le biais de subtiles manœuvres à l'encontre de son père et dans le dos des employés, mais qu'elle devait sa nouvelle position à ses propres compétences et à son énergie. Puisque Oscar passait la majeure partie de son temps dans la forêt ou en ville pour quelque rendez-vous d'affaires, les employés avaient pris l'habitude de discuter de leurs problèmes avec Miriam plutôt qu'avec lui. Oscar, à son retour au bureau, approuvait toujours les solutions intelligentes et sensées, les ordres et les conseils qu'elle avait donnés. Bientôt, elle ne fut plus seulement la représentante de son père ; il s'appuyait de plus en plus sur elle pour la gestion des affaires courantes et l'administration de la scierie. Il lui fit construire un bureau à côté du sien et lui donna une secrétaire ainsi qu'une ligne téléphonique personnelle. Désormais, les appels de l'extérieur étaient automatiquement dirigés vers Miriam. Elle se montrait aussi ferme qu'un homme qui aurait occupé un poste semblable. Ses horaires de travail étaient plus chargés que ceux de son père, et c'était en fait grâce à son dévouement qu'Oscar pouvait enfin lever le pied après des décennies de labeur acharné.

Si l'on considère les tensions qui avaient régné pendant des années entre Miriam et ses parents, Oscar et sa fille étaient devenus plus intimes que ce que quiconque à Perdido aurait pu imaginer. Mais leur intimité n'était pas celle qui existe entre un père et sa fille, plutôt celle qu'il y a entre un fier homme d'affaires et sa jeune collaboratrice prometteuse. Après le petit déjeuner, Oscar allait boire une deuxième tasse de café chez Miriam avant que Bray ne les conduise à la scierie. Sister quittait la pièce, sachant qu'ils ne feraient que discuter boutique. Bray les ramenait ensuite à midi, et durant ce court laps de temps, ils redevenaient des membres de la famille Caskey et évitaient de parler travail, sauf en termes généraux. Après le déjeuner, Miriam retournait à la scierie tandis que son père musardait à la maison, allait faire un tour dans les forêts, ou partait en rendez-vous à Eglin, Pensacola ou Mobile. Après le dîner, il arrivait souvent qu'Oscar et Miriam aillent s'installer sous le porche de chez Miriam ou qu'ils se promènent dans le jardin pour parler de la scierie et de l'infinité de détails de leur business.

Quoiqu'elle se soit habituée à passer du temps avec son père, Miriam ne fréquentait pas plus sa mère qu'elle ne l'avait fait au cours de sa vie. Elles demeuraient des étrangères l'une pour l'autre ; Miriam n'était proche que de son père. Plus jeune, cette distance s'était manifestée par son silence, sa solitude et sa constante froideur. À présent qu'elle était forcée de côtoyer les siens, de telles pratiques n'étaient plus concevables. Elle leur avait donc préféré une sécheresse d'attitude, un ton abrupt, une désinvolture et, de manière générale, un désintérêt pour le bien de la famille quand celui-ci ne concernait pas directement l'entreprise. Les Caskey acceptaient cette dureté de caractère, comme ils acceptaient les autres aberrations. Personne ne songeait à la changer, pas plus qu'on ne pensait qu'elle s'en sortirait mieux dans la vie si elle s'adoucissait. Elinor avait dit un jour : « Miriam est comme ça. On devrait tous se réjouir qu'elle daigne s'asseoir à la même table que nous. » Il y avait certes eu des plaintes échangées *sotto voce* en ville et parmi les employés de la scierie – aucun de ceux-là ne connaissait réellement Miriam – à propos du pouvoir et des responsabilités démesurées que l'on confiait à la jeune femme, cependant Oscar ne songea jamais à brider l'ambition de sa fille.

Sa famille était fière de ce qu'elle avait accompli. Ce n'était pas plus étrange que Miriam veuille travailler dix heures par jour assise derrière un bureau dans une cour d'usine poussiéreuse, sans autre vue que des piles de rondins, sans autre bruit que celui des broyeurs et des scies, que pour Lucille et Grace de partager le même lit étroit à Gavin Pond avec un enfant d'un an et deux chiens malodorants.

À ses collègues de bureau, Miriam apparaissait comme autoritaire et péremptoire, mais aux yeux de sa famille, elle s'était définitivement adoucie. Durant son enfance, elle avait été gâtée au-delà de toute mesure par sa grand-mère, et à la mort de celle-ci, Sister n'avait rien fait pour l'empêcher de continuer à mener le même genre de vie frivole et complaisant. Son emploi à la scierie, en la mettant en contact forcé avec des clients et des subordonnés, mais aussi avec son père – une relation qui sans être affectueuse n'en était pas moins intime – avait poli les angles les plus saillants de son caractère. Elle n'avait pas eu d'autre choix que de penser aux autres et aux raisons pour lesquelles ils agissaient, de réfléchir à rebours de ses préjugés et de tenter de saisir les nuances de leurs comportements. Désormais, son impolitesse ne pouvait être imputée qu'à un choix délibéré, non à une faiblesse de son éducation.

Cette nouvelle sensibilité était surtout visible dans la façon dont elle traitait Sister. Au cours de la guerre, celle-ci, à désormais un peu plus de cinquante ans, était devenue ce que chacun avait toujours prédit qu'elle deviendrait : une vieille fille. Elle oubliait, aussi parfaitement qu'il était possible d'oublier, qu'elle avait un mari. Early Haskew avait voyagé en Californie, dans le Michigan, en Grèce, en Angleterre et en France. De chacun de ces endroits, il lui avait envoyé des cartes postales, que Sister, après avoir jeté un œil au cachet de la poste, avait jetées sans même les lire.

« Je ne veux même pas penser à cet homme, disait-elle avec un frisson en déchirant la dernière carte reçue.

— Pourquoi tu ne divorces pas ? lui demanda Miriam un jour à la table du petit déjeuner après qu'Ivey eut ramené une autre de ces cartes, celle-ci arborant une photo du Colisée à Rome.

— Personne dans la famille n'a jamais divorcé.

— Tu pourrais être la première. »

Sister la regarda d'un drôle d'air.

« Pour quelle raison est-ce que je demanderais le divorce ? Early ne m'a jamais fait de mal.

— Dans ce cas, pourquoi tu ne veux plus le voir ?

— Ne me pose pas cette question.

— Pourquoi ? »

Sister réfléchit un instant.

« Parce que je ne connais pas la réponse. »

Miriam ramassa les morceaux de carte et les fit tomber un par un dans son assiette.

« Tu ne t'es mariée avec lui que pour faire enrager grand-mère », dit-elle.

Sister acquiesça.

« Mais depuis qu'elle est morte, tu n'as plus aucune raison de rester avec lui. En plus, il chique du tabac.

— Et il m'obligeait à nourrir ses chiens au biberon. Deux fois par nuit, il fallait que je me lève pour ces satanés chiots. C'était comme d'avoir six enfants d'un coup. Et il a mis un distributeur de Coca-Cola sous le porche. » Elle rougit à ce souvenir. « Un jour je suis rentrée à la maison, et en découvrant cette chose je lui ai dit : "Si maman venait ici et voyait ça, j'aurais tellement honte que je n'aurais plus qu'à m'allonger sur la route et me laisser mourir."

— C'est pour ça que quand grand-mère est morte, tu n'es pas repartie d'ici. Tu n'es pas restée pour veiller sur moi, mais parce que tu ne voulais pas retourner auprès d'Early.

— Depuis quand tu sais tout ça ?

— Je viens à peine de comprendre, répondit Miriam avec un léger haussement d'épaules.

— Ma chérie, je t'aime, et je suis *aussi* restée pour m'occuper de toi.

— Je sais, Sister.

— Tu n'es pas en train de me demander de retourner avec lui, si ? Je sais que tu te débrouillerais parfaitement sans moi, et je sais que cette maison est entièrement à toi, mais je ne veux pas retourner à Nashville ni où que ce soit près de cet homme. Parfois, je reste assise dans ma chambre, incapable de trouver le sommeil, et je me demande si tu vas me mettre à la porte le jour où tu vas te marier. Dis-moi, est-ce que tu le ferais ? Tu me jetterais dehors ?

— Sister, est-ce que j'ai besoin de te rappeler que tu es riche ? Grand-mère vous a légué toute sa fortune à Oscar et à toi. Tout ce que j'ai eu, moi, c'est cette maison et les coffres-forts. Si je te demandais de partir, tu pourrais aller où tu veux. Tu pourrais ouvrir une maison d'hôte sur l'avenue principale de la Nouvelle-Orléans, si c'est ce que tu veux faire. Si tu voulais rester à Perdido, tu pourrais racheter la maison des DeBordenave à James et la rénover comme tu l'entends.

— Tu ne réponds pas à ma question. »

Miriam sourit.

« Je ne vais pas me marier. Je n'ai pas le temps. Je travaille chaque minute de la journée et la moitié de la nuit. Et même si je me mariais, ajouta-t-elle à voix basse, jamais je ne te mettrai à la porte.

— C'est ça que je voulais entendre !

— Contente ? dit Miriam en se levant de table. Tu sais où est Oscar ? Il commence à se faire tard.

— Miriam, vient dans mes bras !

— Pourquoi ?

— Parce que tu es si gentille !

— Sister, voyons, est-ce que quelqu'un a déjà dit que je l'étais ?

— Eh bien, pas moi, c'est vrai. Et personne d'autre d'ailleurs, du moins pas que je sache. Mais on se trompait, tout le monde se trompait. »

Miriam s'avança et mit brièvement ses bras autour du cou de sa tante, qui, elle, serra sa nièce de toutes ses forces.

Les innombrables prières de James et les mots de Billy Bronze à son commandant ne purent empêcher Danjo d'être transféré de la base d'Eglin.

« Je vais en mourir, confia James à son neveu lorsque ce dernier lui apprit la nouvelle.

— Mais non. Le temps qu'ils m'envoient ailleurs, où que ça puisse être, la guerre sera finie.

— Qui mourra en premier ? demanda James d'un ton grincheux. Toi ou moi ? Est-ce que tu vas te faire tirer dessus avant que je meure de désespoir ? Ou bien est-ce qu'on m'enterrera avant que tu serves de chair à canon sur le champ de bataille ?

— Ni l'un ni l'autre, répondit calmement Danjo. Rappelle-toi que j'ai été formé comme ingénieur radio. On n'envoie pas ce genre de soldats sur le front. Du moins, la plupart restent derrière les lignes. Et puis, regarde l'Allemagne en ce moment. Où sont les lignes ? Leur armée est en train d'être repoussée très loin, James. »

Sous le porche, James se balançait violemment sans regarder Danjo, comme si ce dernier était responsable de la situation.

« James, regarde-moi. »

James leva la tête mais continua à se balancer.

« Je n'ai pas envie de partir, dit doucement Danjo. Je n'ai pas envie de te quitter. Tu ne crois pas que tu vas me manquer ?

— Ne te donne pas la peine d'écrire.

— Pourquoi ?

— Parce que je serai mort. »

Deux jours après le départ du jeune homme, l'Allemagne capitula. James était persuadé que son neveu allait être envoyé dans le Pacifique, où la bataille faisait encore rage.

Billy apprit deux semaines plus tard que Danjo se trouvait en Allemagne, dans un château au sommet d'une montagne à l'est de Munich. Son unique mission était de diriger les avions alliés vers une piste d'atterrissage voisine.

Quelques jours après, arriva une lettre confirmant tout ceci. Danjo ne s'y plaignait que de l'ennui et de l'interdiction formelle de fraterniser avec les vaincus. Le château avait son propre cuisinier, sa ferme et même ses vignes. Le *Graf* et ses deux filles vivaient dans des chambres en dessous de la sienne. Le *Graf* était un vieil homme charmant qui n'était pas sans lui rappeler James – sauf, bien sûr, qu'il ne parlait pas la même langue et n'aimait pas les Américains. Ses filles, très jolies et très gentilles, lui faisaient son lit tous les matins.

Billy entendit cette lettre lue à voix haute au cours du dîner.

« Qu'il se plaigne... dit-il avec un soupir. Quand je pense au nombre d'hommes que j'ai formés et qui sont morts aujourd'hui...

— Imagine qu'il fasse une chute en montagne, dit James. Ce vieux *Graf* pourrait l'assassiner dans son sommeil ! »

Pour une raison inexplicable, James s'était mis en tête que *Graf* signifiait « cordonnier », et non « comte », aussi se demandait-il comment un simple artisan pouvait posséder un château.

« Il ne va rien arriver à Danjo, dit Queenie d'une voix sévère. James, je ne veux pas que tu fasses une supposition de plus. »

James avait soixante-quinze ans. Toute sa vie, il avait été connu pour accuser son âge seulement par paliers. Ainsi, il pouvait passer cinq, dix, voire quinze ans sans que son apparence ou son comportement ne soient altérés. Jusqu'à ce qu'un événement fasse brutalement peser sur ses épaules le poids des années. Tel avait été le cas lorsque son épouse Genevieve avait trouvé la mort sur la route d'Atmore : le jeune homme bien préservé était devenu du jour au lendemain un homme entre deux âges. La mort de sa belle-sœur, Mary-Love, avait tout aussi soudainement fait basculer l'homme d'âge moyen dans la vieillesse. Enfin, le départ de Danjo pour l'Europe le projeta de la vieillesse dans une sénilité naissante.

James était seul, Queenie aussi. Elle quitta sa maison pour emménager chez lui. Elle en riait même avec Elinor :

« Quand je suis arrivée à Perdido, il y a plus de vingt ans, je pensais divorcer de Carl et épouser James. Je me disais qu'il était riche et que son argent me rendrait heureuse. Ça paraissait tellement simple à l'époque ! Quand je pense à tout ce qui s'est passé depuis... Et me voilà sur le point de vivre avec lui, sauf que c'est *moi* qui vais prendre soin de lui. Et tu sais le plus drôle, Elinor ?

— Quoi ?

— Aujourd'hui, l'argent ne m'intéresse même plus », dit-elle avec un petit rire ironique.

Deux ou trois fois par semaine, Queenie et James allaient voir leurs filles à Gavin Pond. James adorait Tommy Lee et le prenait sur ses genoux tant que le bébé en avait envie. Mais il avait souvent du mal à se souvenir du prénom du petit garçon, qu'il appelait indistinctement Danjo, Malcolm ou John Robert. Il paraissait même parfois avoir complètement oublié Danjo et n'écoutait que d'une oreille distraite les lettres de son neveu que Queenie lui lisait à voix haute. Lorsqu'elle avait fini, il réclamait toujours avec impatience :

« Queenie, allons à l'étang cet après-midi, j'ai besoin d'un petit garçon sur mes genoux.

— On y est déjà allés hier, devait parfois lui rappeler Queenie.

— Hier ?

— C'est ça. On ne peut pas y retourner aujourd'hui, les filles vont se fatiguer de nous et mettre un cadenas sur leur portail. »

Quelquefois, la nuit, Queenie se réveillait au bruit de James qui trébuchait dans la maison plongée dans le noir. Il ouvrait la porte de sa chambre et restait sur le seuil, tel Lazare sidéré face à la tombe. Ses yeux grands ouverts ne voyaient rien.

« Qui est là ?! criait-il aux ténèbres. Grace, c'est toi ? Genevieve ?!

— C'est moi… Queenie. Retourne te coucher, James.

— Où est tout le monde ? Pourquoi la maison est-elle vide ? »

L'ÉCHAPPÉE

La mort du président Franklin Roosevelt, en avril 1945, créa une onde de choc à Perdido plus grande que celle de l'attaque de Pearl Harbor ou de n'importe quel autre événement de la Seconde Guerre mondiale. N'avait-on pas, après tout, discuté de Roosevelt tous les jours depuis plus de douze ans ? Le jour du débarquement de Normandie, les cloches des églises de la ville avaient carillonné pendant une demi-heure. Pour la mort du président, elles sonnèrent deux fois plus longtemps. La capitulation allemande, peu de temps après, fit une moindre impression.

Frances et Billy n'avaient pas fixé de date précise pour leur mariage, mais le décès de Roosevelt et la fin des combats en Europe parurent marquer pour tous, à tort ou à raison, la fin de la guerre. À Eglin, la discipline connut un net relâchement. Les hommes ne pensaient qu'à aller à la plage et faire durer les formations de Billy jusqu'à ce que les Japonais capitulent, ce qui ne saurait tarder. Un jour, après le déjeuner, alors qu'ils étaient dans la véranda, Billy dit à Elinor :

« Frances et moi, on pensait se marier en juillet.

— Tu comptes quitter l'armée ?

— J'ai déjà entamé les démarches. Ça fait un moment que j'y suis et j'ai bon espoir qu'ils me laissent partir. »

Elinor lança à son futur gendre un regard de fausse méfiance.

« Tu n'as pas changé d'avis, j'espère ?

— À quel propos, Madame Caskey ?

— Tu ne vas pas m'enlever ma petite fille ? Elle est tout ce que j'ai. »

Billy éclata de rire. Qu'Elinor Caskey, la chef de clan, riche, constamment entourée de sa famille, sollicitée dans toute la ville et connue même à Mobile et Pensacola, puisse déclarer que sa benjamine était tout ce qu'elle possédait lui paraissait ridicule.

« Pourtant c'est vrai, dit-elle avec le plus grand sérieux. Si tu me l'enlevais, j'en mourrais. Et ça la tuerait aussi.

— Je n'y crois pas un instant. Mais je n'ai aucune intention de l'emmener où que ce soit, donc vous n'avez pas à vous inquiéter.

— Je suis heureuse de l'entendre. Il y a largement assez de place dans cette maison pour nous tous.

— Oui, Madame. J'espère juste que Monsieur Caskey et vous serez prêts à avoir votre gendre sur les bras pendant un moment. Mon père est extrêmement riche, mais je ne verrai pas le moindre sou avant sa mort. Et puis je risque de mettre du temps à trouver un emploi.

— On ne s'en fait pas, le rassura Elinor. On te préviendra quand on en aura assez que tu profites de nous. »

Billy quitta le Corps aérien la première semaine de juillet. Tous ses biens avaient été transportés chez Oscar et Elinor. Frances et lui se marièrent à la fin du mois. La cérémonie toute simple eut lieu dans la chaleur étouffante du grand salon d'Elinor. À Perdido, on se demandait pourquoi une famille aussi riche n'organisait jamais de mariage à l'église, comme l'aurait fait n'importe qui jouissant d'une telle position sociale. Quoiqu'ils aient eu les moyens pour quelque chose de fastueux, la cérémonie et la réception qui suivit durent coûter moins de cinquante dollars. Peut-être que Frances était enceinte, en conclut-on en ville. La vérité était que les Caskey s'en tenaient à la tradition. Leurs mariages étaient toujours soudains, précipités et informels. Aucun d'eux n'aurait été à l'aise de voir les mariés à l'église, entourés de montagnes de fleurs et de myriades de demoiselles d'honneur.

Et puis, il y avait le père de Billy, qui avait refusé d'y assister, d'envoyer ses vœux de bonheur, de parler au téléphone aux membres de la famille de la mariée, ou de contribuer même pour cinq dollars à un cadeau pour les époux. À la fin de la cérémonie, et avant même que Frances et Billy aient pu échanger leur premier baiser en tant que mari et femme, Miriam se débarrassa de son bouquet de fleurs flétries et s'écria : « Seigneur ! Sister, viens avec moi à l'étage et aide-moi à retirer cette satanée robe. J'ai une épingle qui me rentre sur le côté depuis deux heures ! »

Billy et Frances se réjouirent de la modestie de l'événement, plus au diapason de leur flirt discret que ne l'aurait été une fête grandiose. Pour leur lune de miel, ils passèrent une semaine à la Nouvelle-Orléans avant de retourner directement à Perdido. Bien que les affaires de Billy soient rangées dans la chambre d'ami, le couple s'installa dans celle de son épouse, qui donnait sur la véranda.

Les Caskey appréciaient le mari de Frances. Un jour, peu de temps après le mariage, Elinor confia à Queenie et Sister : « Avez-vous noté cette petite différence entre Mary-Love et moi ? Avez-vous vu que ma fille s'est mariée mais qu'elle n'a pas quitté la maison ? Et que son mari est parfaitement heureux de vivre sous mon toit ? »

Même si elle ne disait rien, Miriam était reconnaissante à Billy de ne pas chercher à travailler à la scierie, où son autorité en tant qu'homme aurait menacé le pouvoir qu'elle avait patiemment acquis.

Avec l'argent de son père, Grace acheta environ deux mille hectares de terres agricoles autour de Gavin Pond. La majeure partie du terrain était resté en jachère depuis la Dépression, et certaines zones relevaient davantage de la jungle, avec des mares à alligators et des ruisseaux s'écoulant si paisiblement qu'ils ne semblaient pas s'écouler du tout. Elle n'avait pas encore l'utilité de ces terres, mais comme tous les Caskey, elle sentait qu'il lui *fallait* les posséder. Désormais, elle était certaine que personne ne viendrait envahir leur précieuse intimité, à Lucille et elle. Leur isolement était assuré.

Avec la promesse d'un droit de pêche illimité, Grace convainquit Luvadia Sapp de vivre avec elles. La domestique vint accompagnée de son enfant illégitime de trois ans, Sammy, qu'elle avait eu avec Escue Welles, quarante-trois ans, lui-même fils de Roxie. Ils logèrent dans la cuisine pendant six semaines, le temps qu'Escue leur construise une petite maison dissimulée dans le bosquet de cyprès de l'autre côté de l'étang, non loin du cimetière. Depuis la fenêtre de sa cuisine, Luvadia pouvait voir les épitaphes sur les pierres tombales. Escue décida de ne pas rentrer à Perdido pour rester avec elle et Sammy. Il quitta son emploi à la scierie, et Grace l'embaucha dans sa ferme comme contremaître. Il ne connaissait peut-être rien à l'agriculture, mais c'était un travailleur acharné et Luvadia l'aimait.

Le printemps précédent, Grace avait défriché le verger de pacaniers, coupant les jeunes chênes et les pins qui rompaient l'alignement des rangées d'arbres massifs. Elle avait également tondu l'herbe et dégagé le cours d'eau qui traversait le verger. Accompagnée de Lucille, elle était allée à Miami, en Oklahoma, pour acheter soixante-quinze génisses. Même Lucille était capable de distinguer les jeunes vaches entre elles et avait soigneusement noté leurs pedigrees, surtout après l'acquisition de Zato, leur taureau primé, qui valait chaque centime des onze mille dollars qu'elles avaient payés pour lui. Le bétail passa l'été à paître sereinement parmi les arbres ; à présent que l'automne arrivait, Grace était impatiente de commencer la récolte des noix.

Un matin de la fin septembre 1945, un peu avant l'aube, Grace monta à bord de sa camionnette et, avec Luvadia et Escue à l'arrière, elle se rendit à Babylon. Arrivée dans le quartier noir de la ville, elle se mit à klaxonner. Debout sur la plate-forme du pick-up, Luvadia et Escue criaient : « Noix de pécan ! Noix de pécan ! »

Grace conduisait lentement. Des adolescents, garçons et filles, accouraient depuis leurs porches et sautaient à l'arrière. Dans les maisons, des épouses réveillaient leurs maris sans emploi, les habillaient à la hâte et les poussaient dehors en direction de la camionnette. Des mères avec leurs bébés en écharpe accrochés à leur cou montèrent également. De temps à autre, Grace s'arrêtait pour qu'on puisse hisser à bord une vieille femme décrépite. Lorsque l'arrière de la camionnette ne put prendre plus personne, elle reprit le chemin de Gavin Pond.

À l'orée du verger, chaque cueilleur reçut un sac en toile à remplir. Luvadia conduisit les enfants trop jeunes pour travailler dans la maison et les installa par terre à jouer avec Sammy. Les travailleurs s'attaquèrent de bon cœur aux arbres et se mirent à ramasser les noix tombées au sol. Armée d'un gros bâton, Grace faisait la chasse aux serpents et éloignait les vaches trop curieuses. Les deux Noirs les plus costauds arpentaient méthodiquement les rangées du verger, dont ils enlaçaient les épais troncs – leur circonférence était telle que leurs bras parvenaient à peine à les encercler – pour les secouer jusqu'à ce que les noix se mettent à pleuvoir.

Les cueilleurs travaillèrent toute la matinée, courbés en deux, sans jamais relever la tête, quelquefois chantant en chœur, quelquefois fredonnant seulement pour eux-mêmes, quelquefois grondant les plus jeunes ou bavardant entre eux. Luvadia et Lucille leur apportaient d'innombrables assiettes de biscuits et de pain au maïs, l'un des enfants ne faisait rien d'autre que remplir des pichets d'eau au ruisseau qui traversait le verger.

À onze heures, ils firent une pause et se rendirent chez Luvadia, où pour le déjeuner on leur servit du jambon, des pois à vache et du chou. Grace et Lucille se chargèrent elles-mêmes du service. Lorsqu'ils retournèrent travailler cet après-midi-là, les cueilleurs s'accordèrent à dire qu'aucun agriculteur ne les avait jamais aussi bien traités. Tout au long de la journée, ils avaient traîné leurs sacs en toile – qu'ils soient pleins ou trop lourds pour être encore transportés d'arbre en arbre – jusqu'au porche de la maison, où Escue les pesait et inscrivait leur poids à côté du nom de chaque travailleur. À quinze heures, Grace fit les comptes et versa aux cueilleurs dix *cents* le kilo. Certains gagnèrent jusqu'à six ou sept dollars. Après quoi elle les reconduisit à Babylon. Beaucoup s'endormirent sitôt montés dans la camionnette, malgré les cahots du trajet à travers les bois. Arrivés au quartier noir, ils descendirent tous et Grace leur promit qu'elle serait de retour tôt le lendemain matin.

Cette nuit-là, l'information se répandit à Babylon, si bien qu'à l'aurore Grace n'eut même pas à klaxonner. Partout où elle portait le regard, des gens attendaient sous leur porche, au point qu'elle ne marqua qu'un seul arrêt. L'arrière du pick-up se remplit instantanément. Luvadia et Escue durent même s'asseoir à l'avant afin de laisser monter quelques travailleurs supplémentaires. Voyant que beaucoup étaient déçus de ne pas avoir pu grimper à bord, Grace promit de revenir plus tard dans la matinée.

Le même scénario se répéta durant quinze jours, jusqu'à ce qu'il ne reste plus une seule noix de pécan à ramasser au sol ou sur les arbres. Grace offrit à chaque travailleur une prime de deux dollars pour leur minutie. Le salon débordait de sacs. Avec l'aide d'Escue, elle les chargea dans la camionnette et les porta chez le grossiste à Jay, lequel lui en donna quarante *cents* le kilo. Elle se réserva un sac pour elle, un deuxième pour Luvadia, et en emporta quatre à Perdido. Miriam en réquisitionna deux, qu'elle divisa en lots de cinq kilos pour envoyer à ses gros clients dans le Nord.

Les sept cents dollars de bénéfices que fit Grace étaient certes modestes – ils ne remboursaient en rien le prix des génisses, l'achat des terres et les travaux qu'elle avait effectués pour améliorer la propriété –, elle n'en fut pas moins fière du travail accompli. Ça l'encouragea à poursuivre ses efforts, si bien qu'elle acheta des cochons et des poules. Dès que Tommy Lee fut en âge de marcher, on lui donna un petit sac de graines et Sammy lui apprit à distribuer la nourriture aux volailles.

La récolte eut un effet secondaire, que ni Grace ni Lucille n'avaient vu venir. Ce fut leur ticket d'entrée à Babylon. Désormais connues de la communauté noire de la ville, il ne fallut pas longtemps avant que la communauté blanche ait vent de leur existence. Lorsque Grace comprit qu'il n'y avait plus de raison qu'elles vivent cachées, elle entreprit de faire commerce avec les magasins agricoles et les épiceries. Les cultivatrices n'étaient pas rares dans ce coin, car il était de tradition, après chaque guerre, que les veuves reprennent la gestion de l'exploitation. En outre, Grace avait acquis une solide réputation grâce au succès de sa récolte, à l'achat en liquide de vastes parcelles de terre et, enfin, à sa détermination. Les gens du Sud s'accommodent en général de toutes les formes d'excentricité. Ils réagiront mal si quelque chose sortant de l'ordinaire est susceptible de se répéter régulièrement; mais lorsqu'une circonstance inhabituelle leur est présentée comme un fait établi, ils l'accepteront sans rancœur ni jugement comme l'ordre naturel des choses. Eussent-ils appris que deux femmes avaient acheté l'étang de Gavin dans le but d'en faire l'une des plus importantes exploitations agricoles du comté, nul doute que les hommes qui fréquentaient les mêmes détaillants que Grace auraient appelé avec force cris à abroger le Dix-neuvième amendement donnant le droit de vote aux femmes. Mais lorsqu'ils furent confrontés à elle, les hommes furent parfaitement disposés à les accepter elle, sa cousine Lucille et le petit garçon de cette dernière.

Tous trois se rendaient généralement en ville le samedi, Grace au volant et Lucille à ses côtés, à faire sautiller Tommy Lee sur ses genoux. Luvadia, Escue et Sammy étaient à l'arrière. Tous ceux qui les croisaient sur la route les connaissaient et levaient un doigt au-dessus du volant en guise de salut. Grace et Escue passaient l'après-midi à remplir la plate-forme du pick-up de sacs de grains et d'équipements tandis que Luvadia et Sammy faisaient des courses pour la semaine à l'épicerie et que Lucille, Tommy Lee dans les bras, restait au comptoir du drugstore à bavarder. Grace et Lucille discutaient souvent du contraste entre leur vie à la ferme et celle qu'elles avaient connue à Perdido. Leurs rêves de jeunesse avaient emprunté une voie radicalement différente. Pourquoi diable, se demandait Grace, s'était-elle échinée à donner des cours alors qu'elle était bien plus heureuse avec ses vaches, ses poules et ses cochons ? Comment, songeait Lucille, avait-elle pu flirter avec ces soldats alors que Grace était si proche ?

Durant la semaine, Lucille confiait parfois Tommy Lee à Luvadia afin que Grace et elle puissent dîner au restaurant à Babylon et aller au cinéma. Cette habitude se mua bientôt en précieux rituel du mercredi soir pour les deux cousines, jour où le programme changeait au cinéma. Assis devant chez eux, les habitants de la ville hochaient la tête dans leur direction lorsqu'elles passaient en cahotant à bord de leur pick-up, et disaient : « Voilà Grace et Lucille qui vont au cinéma. Je parie qu'elles ne savent même pas quel film passe ce soir. »

L'hiver s'installa à Gavin Pond. Les feuilles brunirent, mais la douceur de la météo les dissuada de tomber. Ignorant le calendrier, les plantes tardives continuèrent à fleurir. Et quand elles allaient en ville le mercredi soir, Lucille et Grace portaient parfois un pull.

En ce deuxième mercredi du mois de janvier 1946, la météo était fraîche. Laissant Tommy Lee sous la surveillance de Luvadia, Lucille et Grace se couvrirent et filèrent à Babylon. Là, elles dînèrent dans leur restaurant de poissons préféré sur la route Ponce de Leon où on les connaissait bien et où on leur servait leur repas sans même qu'elles aient à commander. Au cinéma ensuite, elles regardèrent deux films, *Dillinger, l'ennemi public n°1* et *Dangereuse association*. À vingt-trois heures, elles étaient sorties de la salle. Des étoiles illuminaient la nuit, devenue froide à présent. La lune ne se lèverait pas avant minuit.

Le bureau de poste de Babylon fermait à dix-sept heures mais les portes restaient ouvertes afin de laisser libre accès aux boîtes aux lettres. Grace se gara en face du minuscule bâtiment en brique rouge et entra. Après avoir sorti de sa boîte un petit paquet de lettres, elle retourna à la camionnette.

« On a du courrier ? Qu'est-ce que c'est ? demanda Lucille d'une voix excitée.

— Des publicités pour des ventes de bétail pour moi, un catalogue de graines et de semences pour toi, et une lettre de Danjo.

— Oh, lis-la tout de suite ! », s'exclama Lucille en allumant l'intérieur du véhicule.

Grace examina les timbres de l'occupation alliée avant d'ouvrir l'enveloppe et de lire à voix haute :

Chère Grace,

Je t'écris parce que je ne veux pas écrire directement à James de peur qu'il se fâche. La raison pour laquelle il pourrait se fâcher c'est que je viens de me marier. C'est merveilleux et je sais qu'il sera heureux pour moi. Le problème c'est qu'elle est allemande et que je ne peux pas encore la faire sortir du pays. Nos chemins n'étaient même pas censés se croiser, à cause de l'interdiction de fraterniser avec l'ennemi, etc. mais ça s'est fait quand même, et on est tombés amoureux. C'est la fille aînée du *Graf* à qui appartient le château. Le *Graf* est mort le mois dernier, donc on s'est mariés. Elle s'appelle Fredericka von Hoeringmeister. Je l'appelle Fred, ce qui fait d'elle Fred Strickland désormais. Elle n'a pas d'argent.

Comme il en faut beaucoup pour entretenir un château, elle va sans doute le laisser à sa sœur et venir avec moi en Alabama. Enfin, dès que j'arriverai à la faire sortir de ce pays. Ce n'était pas une nazie ni rien de tout ça. Le *Graf* ne l'était pas non plus. N'empêche qu'il n'aimait pas les Américains, c'est pour ça que Fred et moi on a attendu qu'il meure pour se marier. Est-ce qu'Oscar connaît du monde au Congrès ? Ça m'aiderait à faire venir Fred en Alabama. Je ne sais pas quoi faire avec James. Est-ce qu'il faut que je lui écrive ? Tu veux bien lui parler ? Ça ne dérange pas Fred de vivre avec lui à notre retour, si lui ça ne le dérange pas d'avoir une Allemande sous son toit. Fred faisait mon lit tous les jours, c'est comme ça qu'on s'est rencontrés. On était une quinzaine de soldats dans le château. J'aurai fini mon service dans six mois. J'essaierai de rentrer à ce moment-là. Mais je ne rentrerai que si je peux emmener Fred. Je te laisse annoncer la nouvelle à tout le monde, Grace. Je n'allais quand même pas écrire dix lettres pour raconter la même chose.

Bien à toi,
Danjo.

P.-S. : Fred vous passe le bonjour.

Cette lettre, pour le moins inattendue, fit l'objet d'un débat animé entre Grace et Lucille au cours du trajet retour à Gavin Pond. Grace redoutait d'annoncer à son père non seulement que son garçon chéri s'était marié, mais qu'à cause de ce mariage, il ne rentrerait pas tout de suite à Perdido.

« Pourtant il va bien falloir lui dire, remarqua Lucille. On ne peut pas cacher la nouvelle à toute la famille. Et si l'un d'eux le découvre, ça finira forcément par remonter à James. Donc, autant lui dire. Il s'en remettra. Après tout, Danjo assure qu'il va rentrer et que lui et Fred reviendront vivre chez ton père. Je me demande à quoi elle ressemble. J'espère qu'il lui a appris à parler notre langue.

— Peut-être, dit Grace en quittant la route obscure pour pénétrer dans la forêt, plus obscure encore. Mais je ne vais pas prendre de décision au beau milieu de la nuit. On verra ça demain. »

Elle conduisait lentement, le pick-up secoué par le sentier pierreux. Penchée au-dessus du volant, elle scrutait les ténèbres. Lucille était brinquebalée et devait tenir son petit sac à main sur sa tête afin de se protéger le crâne quand elle tressautait contre le toit du véhicule.

Lorsqu'elles atteignirent la grille de la propriété, Lucille sortit l'ouvrir avant de grimper sur le marchepied pour les derniers cinq cents mètres.

Aucune lumière n'était allumée dans la maison.

« Luvadia a encore dû s'endormir », dit Lucille en râlant avant de sauter au sol.

Grace coupa le moteur.

« Non, écoute ! »

Depuis l'intérieur de la maison, elles entendirent par la fenêtre ouverte de leur propre chambre une voix masculine lointaine qui chantait.

« Qu'est-ce que... commença Lucille.

— C'est papa... », chuchota Grace, sidérée. Elle ouvrit la portière en silence et sortit.

« Qu'est-ce que James fiche ici en plein milieu de la nuit ?! s'exclama Lucille. Et où est sa voiture ? »

Frissonnante, Grace secoua la tête. La nuit était à présent glaciale.

« Qu'est-ce qu'il fait là-haut ? », demanda Lucille en faisant le tour de la camionnette pour prendre la main de Grace. Elles fixaient la fenêtre aveugle de leur chambre.

« Il chante une chanson à Tommy Lee, dit doucement Grace. Chut ! Mon Dieu, j'avais oublié cette berceuse, il me la chantait tous les soirs. »

Lointaine et tremblotante, la voix de James s'échappait par la fenêtre.

Vole, coccinelle, vole
Papa se balance haut et court
Moscou rend maman folle
Moscou flambe toujours
Vole, coccinelle, vole...

À la fin de la chanson, la voix s'éteignit. Le monde redevint silencieux. Lucille et Grace se lancèrent un coup d'œil dans l'obscurité, puis elles entrèrent sans bruit dans la maison. Dans la cuisine, assise à la table, Luvadia dormait, la tête sur ses bras croisés.

Grace la secoua gentiment.

« Mademoiselle Grace… dit la domestique d'une voix groggy avant même d'ouvrir les yeux.

— Quand est-ce que papa est arrivé ?

— Quoi ?

— Papa, répéta Grace. Quand est-ce qu'il est arrivé ?

— Quoi ? Monsieur James est pas là… »

Lucille était déjà au bas de l'escalier, le pied sur la première marche. Grace se précipita vers elle.

« Non, ne monte pas !

— Tommy Lee… », répondit Lucille en guise d'explication avant de continuer à gravir les marches jusqu'à la chambre.

Grace lui passa devant et courut à l'étage. Elle ouvrit la porte de la chambre à la volée. Une violente bourrasque s'engouffra dans la pièce et balaya les rideaux dans l'air nocturne.

Grace se précipita sur le berceau, mais même dans le noir elle sut que Tommy Lee n'y était pas.

Elle courut à la fenêtre et hurla : « Papa ! Papa ! Ramène-le ! »

Dans son dos, la lumière de la chambre s'alluma.

« Grace ! Qu'est-ce que… », Lucille s'interrompit soudainement

Grace se retourna, le visage déformé par l'anxiété.

Tommy Lee dormait sur leur lit, niché entre deux oreillers. À côté de lui, le matelas avait conservé l'empreinte d'une forme humaine.

Médusée, Lucille passa une main sur le creux dans le drap.

« C'est encore chaud. »

En bas, le téléphone sonna. Grace souleva l'enfant du lit et le serra dans ses bras.

« Vas-y, toi », dit-elle.

Jetant un regard aux larmes qui coulaient sur les joues de Grace, Lucille se hâta d'aller répondre.

C'était Queenie. James venait de faire un infarctus et il était mort.

« Je viens juste de rentrer, dit Queenie d'une voix distraite, confuse. Je l'ai trouvé par terre juste à l'entrée du salon. Si je n'avais pas allumé, je lui serais tombée dessus. »

Dans l'épique saga de la famille Caskey,
les rivières suivent leur cours...

BLACKWATER V

LA FORTUNE

BLACKWATER VI

PLUIE

Table

« IL N'Y A PAS D'AUTRE
RAISON DE LIRE QUE LE PLAISIR.
ON PEUT TOUJOURS AVANCER QUE CELA
PERMET D'APPRENDRE DES CHOSES, MAIS
AU FOND LA SEULE VRAIE RAISON QU'ON
AIT DE LIRE EST LE PLAISIR, ET C'EST
POUR ÇA QUE J'ÉCRIS. »

MICHAEL MCDOWELL

LA GUERRE EST LE QUATRIÈME VOLUME DE LA SÉRIE BLACKWATER.
IL A ÉTÉ ACHEVÉ D'IMPRIMER LE 29 AVRIL 2022
ET PORTE LE NUMÉRO 170227. IL MESURE 108
SUR 165 MILLIMÈTRES ET COMPTE 260 PAGES,
CE QUI EST BIEN ASSEZ POUR
ENFOUIR DES SECRETS.

LES COUVERTURES DES SIX
VOLUMES DE L'ÉPIQUE SAGA DE LA FAMILLE
CASKEY ONT ÉTÉ DESSINÉES PAR PEDRO OYARBIDE,
SOUS LA DIRECTION DE MONSIEUR TOUSSAINT
LOUVERTURE, DANS L'IDÉE DE LEUR DONNER
UN ASPECT QUI, TOUT EN S'INSCRIVANT
DANS LE TEMPS, PARVIENDRAIT À LUI ÉCHAPPER.
CHACUNE DE CES COUVERTURES A ÉTÉ PATIEMMENT
MANUFACTURÉE PAR PRINT SYSTEM À BÈGLES, EN GIRONDE,
SOUS L'ÉGIDE DE MÉLANIE FRANCA ET DE
JEAN-PIERRE CHAMPMONT.

CE TRAVAIL COLLECTIF,
ARTISANAL ET UN PEU FANTASMATIQUE
A ÉTÉ EFFECTUÉ SUR UN PAPIER POP'SET
GALET DE 240 G.

LES COUVERTURES ONT D'ABORD
ÉTÉ PASSÉES SOUS LES ENCRES D'UNE PRESSE OFFSET
AVANT D'ÊTRE DORÉES À CHAUD À DEUX REPRISES
(D'UNE UNIVACCO NOIRE PIGMENTÉE SUIVIE D'UNE DORURE
CHAMPAGNE), PUIS ENFIN EMBOSSÉES. TOUT CECI POUR
QUE LEURS FORMES ET LEURS OMBRES CAPTENT LA
LUMIÈRE ET MARQUENT LES ESPRITS.

L'IMPRESSION DES BLOCS
INTÉRIEURS ET LA RELIURE ONT ÉTÉ ASSURÉES
PAR L'IMPRIMERIE CPI FIRMIN-DIDOT À MESNIL-
SUR-L'ESTRÉE, DANS L'EURE. LA POLICE UTILISÉE
EST DU SABON CRÉÉE PAR JAN TSCHICHOLD.

CE PROJET ÉDITORIAL A ÉTÉ RÊVÉ
ET RÉALISÉ PAR MONSIEUR TOUSSAINT LOUVERTURE,
ÉPAULÉ DE SON DIFFUSEUR & DISTRIBUTEUR HARMONIA
MUNDI LIVRE, DE NADİA AHMANE, DU BUREAU VIRGINIE
MIGEOTTE ET DE SYLVIE CHABROUX.